Hilary Mantel

Sprechen lernen

———

Erzählungen

Aus dem Englischen
von Werner Löcher-Lawrence

Zitatnachweis S. 20: William Butler Yeats, ›Die Gedichte‹. Neu übersetzt von Marcel Beyer, Mirko Bonné, Gerhard Falkner, Norbert Hummelt, Christa Schuenke. Die Rechte an der deutschen Übersetzung von Christa Schuenke liegen beim Luchterhand Literaturverlag, München, in der Penguin Random House Verlagsgruppe GmbH.

Dieses Buch wurde klimaneutral produziert.

Die englische Originalausgabe erschien 2003 unter dem Titel
›Learning to talk‹ bei Fourth Estate, London.
© Hilary Mantel 2003

Erste Auflage 2023
© 2023 für die deutsche Ausgabe: DuMont Buchverlag, Köln
Alle Rechte vorbehalten
Übersetzung: Werner Löcher-Lawrence
Umschlaggestaltung: Lübbeke Naumann Thoben, Köln nach einem Entwurf
von Alison Forner
Umschlagabbildung: © Martin Parr / Magnum Photos / Agentur Focus
Satz: Fagott, Ffm
Gesetzt aus der Garamond und der Poetica Chancery
Druck und Verarbeitung: CPI books GmbH, Leck
Gedruckt auf säurefreiem und chlorfrei gebleichtem Papier
Printed in Germany
ISBN 978-3-8321-6816-2

www.dumont-buchverlag.de

*Ein weiteres Mal in Liebe
für Anne Terese
und ihre Tochter
und ihre Tochter*

Inhalt

Vorwort
9

King Billy ist ein Gentleman
13

Eingeschläfert
33

Rund ist die Schönheit
55

Sprechen lernen
83

Hoch in den dritten Stock
101

Ein reiner Tisch
123

Von Geist und Geistern
139

Vorwort

In diesen Geschichten geht es um Kindheit und Jugend. Sie wurden über viele Jahre ausgearbeitet. Ich benutze diese Formulierung, weil das Schreiben kurzer Geschichten für mich voller Spannungen und Widerstände ist. Bei »King Billy ist ein Gentleman« hatte ich innerhalb von Sekunden den ersten und den letzten Satz, brauchte aber zwölf Jahre, um den Raum dazwischen zu füllen. Geschichten verwandeln sich, auch wenn man es beim Schreiben nicht merkt. Sie erweisen sich als Proben, als Zwischenberichte.

All diese Erzählungen sind aus Fragen über meine frühen Jahre entstanden, wobei ich nicht sagen kann, dass ich durch das Übertragen meines Lebens ins Fiktionale Rätsel gelöst hätte – aber zumindest habe ich einzelne Teile hin und her geschoben. Ich bin im Norden Englands aufgewachsen, in einem Dorf am Rand des Peak District in Derbyshire, wo auch mein Roman *Der Hilfsprediger* spielt. In einer Kleinstadt mit einer Reihe rußgeschwärzter Textilfabriken, deren Straßen von schmalen, kalten Reihenhäusern gesäumt wurden. Wie viele andere dort waren auch meine Vorfahren auf der Suche nach Arbeit aus Irland gekommen, und obwohl es zu meiner Zeit keine tatsächlichen Kämpfe in den Straßen gab, war doch das Erste, was man über die Menschen erfuhr, welcher Religion sie angehörten. Die Moral der römisch-katholischen Minderheit wurde von der Kanzel aus unter die Lupe genommen, und wir alle, Protestanten wie Katholiken, wurden von Klatsch und Gerede kontrolliert.

Trotzdem holte meine Mutter, als ich sieben war, ihren Geliebten zu uns ins Haus, und während der nächsten vier Jahre lebte ich mit zwei Vätern unter einem Dach. Die genauen Umstände waren so bizarr, dass sie, gingen sie unverändert in eine Erzählung ein, alle anderen Elemente verdrängen würden. Deshalb werden in diesen Geschichten Besucher zu Vätern, Väter verblassen im Hintergrund, laufen davon und werden zurückgelassen. Sie existieren in einer Art Dämmerzustand. Keiner von ihnen ist mein wirklicher Vater, und so geben sie anderen Erzählsträngen Raum. Ich möchte diese Geschichten nicht autobiografisch, sondern autoskopisch nennen. Aus einer entfernten, erhöhten Perspektive blickt mein schreibendes Ich auf einen auf seine bloße Hülle reduzierten Körper, der darauf wartet, mit Sätzen gefüllt zu werden. Seine Umrisse nähern sich meinen an, aber es gibt einen verhandelbaren Halbschatten.

Als ich elf war, nahm mir der Umzug in eine andere Stadt einen meiner Väter, und ich bekam einen neuen Namen. Der Schock dieser sozialen Veränderung wird in der titelgebenden Erzählung beschrieben. Es geht um die Klasse, um Aufgeblasenheit und das Recht, gehört zu werden – und das Erzählte hat sich bis auf ein, zwei Details tatsächlich so ereignet. Die Mutter und Tochter der Geschichte am Ende, »Ein reiner Tisch«, sind fiktiv, aber die örtlichen Gegebenheiten entsprechen der Wahrheit. Verwandte meines englischen Großvaters Goerge Foster lebten in einem Ort, der in einem Stausee für die Städte im Nordwesten unterging. Die in meiner Kindheit kursierenden Geschichten über das versunkene Dorf waren meine Einführung in das sumpfige Gebiet zwischen Geschichte und Mythos. Seitdem trete ich dort auf der Stelle.

Hilary Mantel im Dezember 2020

King Billy ist ein Gentleman

Ich bekomme den Ort nicht aus dem Kopf, an dem ich geboren wurde, direkt außerhalb der sich windenden Tentakel der Stadt. Wir waren zu nahe dran, um ein eigenes Leben zu entwickeln. Es gab eine regelmäßige Zugverbindung – keine von denen, wo du auf der Lauer liegen und genaue Gewohnheiten studieren musstest. Aber wir mochten die Leute aus Manchester nicht. »Städter, untersetzt und voller Tücke«, so sahen wir sie wohl. Wir spotteten über ihren Arbeiterakzent und bemitleideten sie für ihren Körperbau. Meine Mutter, eine stramme Lamarckistin, war überzeugt, dass die in Manchester unverhältnismäßig lange Arme hatten, weil sie seit Generationen an Webstühlen arbeiteten. Bis (aber das war später) eine rosa Siedlung aus dem Boden gestampft und sie zu Hunderten dorthin verpflanzt wurden, wie Bäume, die zu Weihnachten ausgemacht und mit den Wurzeln in kochendes Wasser getaucht werden – nun, bis dahin hatten wir nicht viel mit den Leuten aus der Stadt zu tun. Und doch, wenn Sie mich fragen, ob ich ein Junge vom Land war: Nein, war ich nicht. Unsere Ansammlung Stein und Schiefer, gezeichnet von rauen Winden und derben Klatschmäulern, das war nicht das ländliche England mit Morris-Tanz, gegenseitiger

Verbundenheit und gutem altem Ale. Es war ein kaputter, steriler Ort ohne Bäume, wie ein Durchgangslager, mit der gleichen hoffnungslosen Dauerhaftigkeit, die solche Lager anzunehmen pflegen. Der Schnee blieb bis April in den Höhenlagen ringsum liegen.

Wir wohnten oben im Ort, in einem Haus, in dem es meiner Meinung nach spukte. Mein Vater war verschwunden, und vielleicht war es seine Gegenwart, schlaksig und bleich, die unter der Tür durchstrich und dem Terrier die Nackenhaare aufstellte. Von Beruf war er Büroangestellter gewesen. Kreuzworträtsel waren sein Hobby, und ein bisschen Angeln. Er mochte einfache Kartenspiele und seine Zigarettenbilder-Sammlung. An einem stürmischen Märzmorgen um zehn ist er gegangen, hat seine Alben mitgenommen und seinen Tweedmantel. Seine Unterwäsche hat er dagelassen. Meine Mutter hat sie gewaschen und einem Wohltätigkeitsbasar vermacht. Wir haben ihn nicht sehr vermisst, nur die kleinen Melodien, die er auf dem Klavier gespielt hat, wieder und wieder. Wie den *Pineapple Rag*.

Dann kam der Untermieter. Er war von weiter nördlich, ein Mann mit langen, gedehnten Vokalen, die aus Worten eine große Sache machten, die bei uns schnell durch waren. Er war cholerisch, seine Toleranzschwelle niedrig. Sehr, sehr unberechenbar. Wolltest du wissen, was kam, musstest du ihn sorgfältig beobachten, ganz ruhig und die Intuition geschärft. Als ich älter wurde, begann ich mich für Ornithologie zu interessieren und nutzte die Erfahrung, die ich mit ihm gemacht hatte. Aber das kam später. Im Ort gab es keine Vögel, nur Spatzen und Stare, und eine verrufene Truppe Tauben, die durch die engen Straßen stolzierte.

Der Untermieter zeigte Interesse an mir und holte mich aus dem Haus, um einen Fußball hin und her zu kicken. Aber ich war nicht der Typ dafür, und sosehr ich ihm gefallen wollte, mir fehlte das Talent. Der Ball rutschte mir zwischen den Füßen durch, als wäre er ein kleines Tier, und mein atemloses Husten klang beunruhigend. Schlappschwanz, sagte der Untermieter, sagte es aber mit Angst im Gesicht. Bald schon schien er mich abzuschreiben. Ich hatte das Gefühl, ihm lästig zu sein. Ich ging früh ins Bett, lag wach und lauschte dem Gepolter und Geschrei unten, denn der Untermieter brauchte Streit, genauso wie er sein Frühstück brauchte. Der Terrier fing an zu jaulen und zu kläffen, um den Streithähnen Gesellschaft zu leisten, und später hörte ich meine Mutter nach oben laufen und leise vor sich hin schniefen. Sie wollte den Untermieter nicht gehen lassen, ich wusste, sie hatte ihn sich in den Kopf gesetzt. In seinen Lohntüten brachte er mehr Geld ins Haus, als wir je gehabt hatten, und während er erst nur die Miete zahlte, legte er bald schon die ganze Tüte auf den Tisch – meine Mutter öffnete sie mit spitzen Fingern und gab ihm ein paar Shilling für Bier und was immer die Männer ihrer Meinung nach brauchten. Er bekam einen Bonus, erklärte sie mir, er wurde zum Vorarbeiter gemacht, er war unsere Chance im Leben. Wäre ich ein Mädchen gewesen, hätte sie mir mehr anvertraut. Aber ich begriff schon, was da vorging. Still lag ich wach, als keine Schritte mehr zu hören waren, der Hund verstummt war und die Schatten zurück in die Ecken des Zimmers krochen. Ich döste dahin, wünschte, von Geistern frei zu sein und dass die Jahre in einer Nacht vergingen, sodass ich am Morgen als Mann aufwachte. Ich schlummerte ein und träumte, eines Tages würde sich in der Wand eine Tür auftun, und ich träte hindurch und würde im Land dahinter der asthmatische kleine König sein, ein König in einem Land, in dem es ein Gesetz gegen Streit gab. Doch dann, im wirklichen Leben, wurde es hell, ein Samstag vielleicht, und ich musste im Garten spielen.

Die Gärten der Häuser waren lange schmale Streifen, die hinter maroden Zäunen in graue Kuhfladenfelder übergingen. Hinter den Feldern lagen Moore, stiller, stählerner Schlick – und die dunkelgrünen Nadelbäume und das klare Licht der Büros der Forstwirtschaftsbehörde. Wenig wuchs in unseren Gärten: Scheuergras, ein Gewirr aus verkümmertem Gebüsch, eingegrenzt von ameisenzerfressenen Zaunpfählen und einsamen Drahtenden. Ich ging bis ans Ende des Gartens und zog rostige Nägel aus dem verrottenden Holz. Ich riss die Blätter vom Fliederbaum, roch am grünen Blut auf meinen Händen und dachte über meine Situation nach, die sonderbar war.

Bob und seine Familie waren früh schon aus der Stadt ins Haus neben uns gezogen, da waren sie als Aussiedler noch eine Ausnahme. Vielleicht erklärte das Bobs Haltung seinem Garten gegenüber. Während wir misstrauisch die Handvoll wurmstichiger Himbeeren betrachteten, die unser auf sich gestelltes Stück Land hervorbrachte, die erbärmlichen Lupinen, die ihre Samen ausstreuten, während unser wuchernder Rhabarber nie geschnitten und zu Kompott verarbeitet wurde, umzäunte Bob seinen Garten wie das Allerheiligste der menschlichen Seele: als hütete er den Heiligen Gral in seinem Gewächshaus, und auf der Kuhfladenwiese johlten und wüteten die Vandalen. Bobs Garten war militärisches Sperrgebiet, alles korrekt, das Terrain kannte seinen

Herrn. Das Leben wuchs in Reihen, gelangte aus Tüten in die Erde, spross punktgenau in die Höhe und erwartete strammstehend Bobbys Inspektion. Unbenutzte Blumentöpfe standen helmgleich in Stapeln, Stöcke reckten sich wie Bajonette. Jeden Quadratzentimeter seines Grundstücks hatte Bob in Besitz genommen und gesichert. Er war ein hagerer Mann mit einem mächtigen Kinn und leeren blauen Augen. Er aß niemals weißen Zucker, nur braunen.

Eines Tages ereiferte sich Myra, seine Frau, vom Zaun aus über das unmoralische Leben, das meine Mutter führe, machte wirr und unzusammenhängend ihrer lange aufgestauten Wut darüber Luft, dass meine Mutter ihren Kindern und denen in den Gärten ringsum ein schlechtes Beispiel gebe. Ich war acht Jahre alt. Ich fixierte sie mit meinem durchdringendsten Blick, in meinem Mund explodierten gewalttätige Worte und wirbelten blutig wie ausgeschlagene Zähne in ihm herum. Ich wollte sagen, dass die Kinder hier – und ihre ganz besonders – sowieso völlig beispiellos waren. Meine Mutter, gegen die sich die Tirade richtete, stand langsam von dem Stuhl auf, auf dem sie sich gesonnt hatte, sah Myra kurz unbeteiligt an und ging schweigend ins Haus, worauf ihrer Nachbarin nichts blieb, als sich wie ein verrückt gewordener Wellensittich gegen Bobs guten Zaun zu werfen. Myra war klein, ein rattengesichtiges, erbärmliches Nichts, nicht mehr als ein namenloses Stück Fleisch im Fenster eines Metzgers in einem Abrissgebiet. So, wie Mutter es sah, hingen ihr die Arme bis tief unter die Knie.

Ich glaube, erst waren sich unsere beiden Haushalte ziemlich freundlich gesonnen. Aber dann wurde Bob mit seinen Manien (hab neun Reihen Bohnen, ein Bienenvolk, das brummt) zunehmend zur Zielscheibe unseres heimlichen Gekichers. Er schlich sich abends in den Garten, um vom seinem Fleischstück Frau wegzukommen, und wenn seine geheimnisvolle Arbeit getan war, sein Bohren und Pflügen, stand er am Zaun, hob den glanzlosen Blick zu den Höhen ringsum, die Hände in den Taschen, und pfiff eine tonlose, schwermütige Melodie. Von unserem Küchenfenster konnte man ihn noch gerade so durch den feuchtkalten Abendnebel erkennen, der in jenen Jahren das Klima bestimmte. Dann zog meine Mutter die Vorhänge zu, stellte den Kessel aufs Gas und beklagte ihr Leben. Und sie lachte über Bobby-Boy und fragte sich, welcher Schaden wohl angerichtet werden würde, bevor er tags darauf wieder dort stand.

Denn Bobs Zaun war nicht sicher. Er war aufwendig, ausgeklügelt, man könnte sagen äußerst angespannt, wenn das auch eine etwas seltsame Charakterisierung eines Zaunes ist. Er war wie Stendhal im Regal der Dorfbibliothek: beeindruckend, taugte aber für nichts, das uns betraf. Die Kühe kamen rein, wir sahen sie, wie sie sich in der Morgen- oder Abenddämmerung leise herantasteten und Bobs schmucke Riegel mit den Köpfen anhoben. Hereingetrampelt kamen sie, schlürften und zerkauten seine wohlschmeckenden Früchte, befriedigten jeden ihrer vier Mägen, die nachdenklichen Augen erfüllt von einer stillen Freude über die Gerechtigkeit des Ganzen.

Aber Bob glaubte nicht an Rinderintelligenz. Er verprügelte seinen Sohn Philip, weil er das Tor offen gelassen hatte. Hinter unseren steinernen Mauern hörten wir, wie sich Bobs wirre Leidenschaft Bahn brach, hörten die wilden Ausbrüche von Trauer und Verzweiflung über den Verlust seiner Gurkengerüste, Wehgeschrei, das sich ihm aus dem Leib riss. Das alles verschaffte mir einige Befriedigung. Ich hatte ein paar Freunde, oder genauer: Es gab Kinder in meinem Alter. Aber weil mich meine Mutter so oft nicht in die Schule ließ – ich war krank, hatte dies, hatte das –, blieb ich ihnen fremd, und mein Name, Liam, sagten sie, sei lächerlich. Es waren wilde Kinder mit aufgeschürften Knien und Herzen voller Überschwang, unerbittlichen Urteilen und unbarmherzigen Blicken. Sie hatten Riten, sie hatten Regeln, und sie hatten mich zu einem Außenseiter ihres Stammes erklärt. Krank zu sein, war fast besser. Es war etwas, das man allein tat.

Immer, wenn ich in die Schule kam, wurde klar, dass ich mit dem Stoff im Rückstand war. Mrs Burbage, unsere Lehrerin, war eine vielleicht fünfzigjährige Frau mit spärlichem, rötlichem Haar und nikotingelben Fingern. Sie sagte, ich solle aufstehen und das Sprichwort »Spar nicht am falschen Ende« erklären. So wurden Kinder in jenen Tagen erzogen. Sie trug eine prall gefüllte karierte Tasche mit sich, die sie jeden Morgen mit einem dumpfen Knall auf den Boden neben ihrem Pult stellte, und schon begann das Schreien und Schlagen. Es war eine Tyrannei, unter der wir litten, und während wir von Vergeltung träumten, verging unbemerkt ein Jahr unserer Kindheit. Einige von uns planten, sie zu töten.

In Naturkunde saßen wir mit hinter dem Rücken verschränkten Armen da, während sie uns vom Grünfink vorlas. Im Frühling behandelten wir Weidenkätzchen, von denen angenommen wurde, dass sie alle Kinder interessierten. Aber ich erinnere mich nicht an den Frühling, sondern eher an jene Tage, an denen um elf noch das Licht brannte, an nasse Dächer und hinter Regenvorhängen zitternde Fabrikschlote. Um vier gab es fast kein Tageslicht mehr, der dunkle Himmel hatte es in sich aufgesaugt, unsere Gummistiefel schmatzten im Matsch und modernden Laub, und unser Atem hing wie eine Katastrophe in der nasskalten Luft.

Die Kinder hatten dem Klatsch ihrer Eltern gelauscht. Sie stellten mir, besonders die Mädchen, bohrende Fragen nach den Schlafmodalitäten in unserem Haus. Ich sah nicht, was die Fragen sollten, war aber dennoch nicht so dumm, sie zu beantworten. Es gab Gerangel, Geraufe und Gekratze, nichts Ernstes. »Ich zeige dir, wie man kämpft«, sagte der Untermieter. Als ich seinen Rat in die Tat umsetzte, gab es Tränen und blutige Nasen. Es war der Triumph der Wissenschaft über die Brutalität, aber er hinterließ einen üblen Geschmack in meinem Mund, Angst vor der Zukunft. Ich wollte lieber davonlaufen als kämpfen, doch wenn ich losrannte, vernebelten und verschwammen die steilen Straßen vor meinen Augen, und der Käfig meiner Rippen schloss mein Herz wie einen Hummer in seinem Korb ein.

In meinem Verhältnis zu Bobs Kindern sprach wenig für sie. Wenn ich draußen spielte, kamen Philip und Suzy immer wieder in ihren Garten und warfen Steine nach mir. In Nachhinein weiß ich nicht zu sagen, wie da Steine in Bobs Garten liegen konnten, Steine, die einfach so dalagen und sich als Geschosse verwenden ließen. Ich nehme an, sobald sie welche fanden, dachten sie, sie täten ihrem Vater einen Gefallen damit, sie auf mich niedergehen zu lassen. Und während er immer merkwürdiger wurde, immer gehetzter, während er immer seltsamere Sachen aß, mussten sie zweifellos jede Chance ergreifen, ihm einen Gefallen zu tun.

Suzy war eine fiese kleine Rotznase mit einem Breitmaul wie ein Briefkasten. Sie hing auf dem Tor und höhnte. Philip war älter als ich, vielleicht drei Jahre. Er hatte einen modifizierten Kokosnusskopf, verwirrte schmale graue Augen und so ein Kopfzucken zur Seite hin, als trainierte er ständig, den Schlägen wegen der Kühe auszuweichen. Vielleicht hatte er auch eine Gehirnerschütterung. Was seine Wurfgeschosse anging, hatte ich keine großen Schwierigkeiten, sie kamen so ungenau, dass ich ihnen problemlos ausweichen konnte. Aber wenn ich das einmal zu oft tat, wenn ich sah, dass ich ihn wie einen Trottel aussehen ließ, ging ich lieber zurück nach drinnen, weil auf seinem Gesicht eine leicht zerstörerische Wut aufzog, ganz so, als könnte da ein anderes Wesen durchbrechen, ein wilderes Tier, und es stimmt, seitdem habe ich genau diesen Ausdruck auch schon in den Augen größerer, intelligenter Hunde gesehen, die an der Kette liegen. Und wenn ich das sage, meine ich nicht, dass ich dachte, Philip sei ein Tier, damals oder heute. Was ich dachte, war, dass wir alle ein verborgenes Ich in uns tragen, eine geheime Gewaltbereitschaft, und ich beneidete ihn um die offensichtliche Kraft seiner dünnen, sehnigen Arme voller Adern und Knoten wie die eines erwachsenen Mannes. Ich beneidete ihn, verabscheute seine unterwürfige Natur und hoffte, dass ich nicht auch so war. Einmal klaubte ich Erdklumpen und Stöcke auf, schleuderte sie zurück auf ihn und schrie dabei wie ein Dämon mit all den Schmähungen, die ich aus den Büchern kannte, die ich gelesen hatte: Halunke, Hahnrei, gemeiner Schurke und Hundesohn.

Die Monate vergingen, und Bobs Blick wurde immer leerer, sein Zorn immer gefährlicher. Selbst seine Kleidung schien seinen mangelnden inneren Zusammenhalt zu teilen und flatterte ihm dement hinterher, als wollte sie zurück in die Sicherheit ihres Schranks. Er kaufte sich einen Motorroller, der Tag um Tag oben auf der Höhe den Geist aufgab, direkt vor der Haltestelle. Die Leute warteten auf den Bus ins nächste Dorf, und es waren immer dieselben, die sich auf das morgendliche Spektakel längst freuten. Zu der Zeit kam Philip mitunter an den Zaun, um mit mir zu reden. Unsere Gespräche waren argwöhnisch und bruchstückhaft. Kannte ich, fragte er, die Namen aller neun Planeten? Ja, ich kannte sie. Er wette, sagte Philip, ich würde nur die Venus kennen und den Mars. Ich zählte sie auf, alle neun. Die Planeten haben Monde, erklärte ich ihm. Das sind kleinere Körper, die um größere kreisen, sagte ich, und von Kräften auf ihrer Bahn gehalten werden, die größer sind als sie. So hat der Saturn unter anderem Dione, Titan und Phoebe, und der Mars hat Deimos und Phobos. Und als ich »Phobos« sagte, stockte mir die Stimme, denn ich wusste, das bedeutete »Angst«, und das Wort auszusprechen, hieß, sie zu fühlen und die unangenehmen Fragen, den Untermieter, die Tür in der Wand und die Schatten der vordringenden Nacht in mir heraufzubeschwören.

Dann warf Philip wieder mit Steinen nach mir. Ich ging hinein, setzte mich an den Küchentisch, malte Bilder und hielt die Uhr im Blick, um zu sehen, wann der Untermieter kam.

Also, Philip und ich gingen nicht in dieselbe Schule. Unser Ort hatte eine Trennlinie, und während die Erwachsenen tolerant waren, oder vielleicht keine Religion mochten, Fußballtoto spielten und sich mit Ratenzahlungen herumschlugen, beschimpften sich die Kinder auch weiter und skandierten Parolen, wie man sie auf Belfasts Straßen oder auch in Glasgow gehört haben mag. Suzy sang schief und schnatternd:

King Billy ist ein Gentleman
Trägt eine Uhr mit Kette
Der Dreckspapst iss'n Bettler
Und nervt wie eine Klette.

Irische Schweine, sagte Philip. Drecksäue. Benzin floss durch meine Adern, ich wollte Waffen. In meinem Kopf wurden Postämter zu Festungen. Philip warf mit Steinen nach mir. Mein Territorium schrumpfte, ich verlor Haus und Garten. Alles, was mir gehörte, daheim wie in der Schule, war der Raum hinter meinen Rippen, und selbst der war ein vernarbtes Schlachtfeld, ein Ort plötzlicher Ausfälle und Winterfeldzüge. Ich erzählte meiner Mutter nichts von den äußeren Verfolgungen. Zum Teil, weil sie selbst genug zu ertragen hatte, zum Teil, weil sich Mitleid in mein hartes Herz schlich, als sich das Missverständnis wegen der Kühe zuspitzte und Philips Kopf immer abwehrender in seinen Hals schrumpfte. Bobby holte den Motorroller hinters Haus und trat wütend darauf ein. Wir wussten nicht länger, was wir hätten tun sollen.

Unser Nachbar hörte auf, sich an feste Zeiten zu halten. Er lief sein Grundstück auf und ab, pflügte, eggte, lag auf der Lauer, hielt nach Philip Ausschau, den Tieren, Offenbarungen. Er hockte in einer Ecke am Zaun, ein Skelett in seinem blauen Overall. Die Kühe kamen nie, wenn er nach ihnen Ausschau hielt. Meine Mutter blickte aus dem Fenster. Sie schob die Lippen vor. Du bist deines Glückes Schmied, sagte sie. Die Nachbarn redeten jetzt über Bobby. Sie warteten nicht länger auf die Rückkehr meines Vaters, er war vergleichsweise uninteressant. Bobby jätete und hackte mit einem Auge über der Schulter. Unsere Situation bessert sich, sagte meine Mutter: Wenn du dir Mühe gibst, gehst du aufs Gymnasium. Ihr dunkles, glänzendes Haar hüpfte auf ihren Schultern. Wir können uns deine Uniform leisten, sagte sie, früher hätten wir es nicht gekonnt. Ich dachte, auf dem Gymnasium werden sie noch bohrendere Fragen stellen. »Wo ist mein Dad?«, fragte ich sie. »Wo ist er hin? Hat er dir einen Brief geschrieben?«

»Er könnte tot sein, was weiß ich«, sagte sie. »Vielleicht brutzelt er im Fegefeuer, da gibt es keine Briefmarken.«

In dem Jahr, ich dem ich meine Aufnahmeprüfung fürs Gymnasium machte, zog Bobby Kresse in Töpfen, stand am Tor vorne und versuchte sie den Nachbarn zu verkaufen, drängte sie ihnen als sehr nahrhaft auf. Myra hatte nicht mal mehr den Status eines Halsgrats aus der Elendsmetzgerei. Sie wurde zu einer der Schoten oder Schalen in den verstaubten Gläsern, mit denen Bob sich durchs Leben schlug.

Der Priester kam zur jährlichen Religionsprüfung, für mich war es das letzte Mal. Er setzte sich auf den hohen Stuhl der Rektorin, die breiten Füße in ihren derben Schuhen bewusst auf der hölzernen Sprosse. Er war alt und atmete schwer. Er roch leicht nach nasser Wolle, Wickeln, Hustensaft und Frömmigkeit. Der Priester mochte Fangfragen. Mal mir eine Seele, sagte er. Ein dümmliches Kind nahm die ihm hingehaltene Kreide und kratzte einen vage nierenförmigen Umriss auf die Tafel, vielleicht auch die Sohle eines Schuhs. Oh, nein, sagte der Priester und röchelte sanft. Oh, nein, Kleiner, das ist das Herz.

In dem Jahr, als ich zehn wurde, änderte sich unsere Situation. Meine Mutter hatte recht daran getan, auf den cholerischen Untermieter zu bauen. Er war ein aufstrebender Mann, und wir zogen mit ihm in eine ordentliche Stadt, wo der Frühling weit früher kam, überladen mit Kirschblüten. Drosseln huschten über gepflegte Rasenflächen. Wenn es regnete, sagten die Leute, es sei wunderbar für die Gärten, wo wir herkamen, hatten sie es für eine weitere Zumutung gehalten, die das Leben bereithielt. Ich bezweifelte nie, dass Bob irgendwann zwischen seinen misshandelten Salatreihen dahinschwinden würde, aus Trauer, Fassungslosigkeit und Eisenmangel. Unser Abschiedslachen hatte seine Knochen klappern lassen. An Philip dachte ich nicht mehr. Ich hatte ihn mir aus dem Kopf geschlagen, als hätte es ihn nie gegeben. »Du darfst nie jemandem sagen, dass wir nicht verheiratet sind«, ermahnte mich meine Mutter, der ihr Doppelleben gefiel. »Sprich mit niemandem über deine Familie. Sie geht keinen etwas an.« Verhöhne niemanden über den Gartenzaun, dachte ich. Und sage nie »Phobos«.

Erst später, als ich auszog, verstand ich die unbeschwerte Sorglosigkeit eines durchschnittlichen Lebens – wie frei die Leute reden, wie frei sie leben. Sie haben keine Geheimnisse, da ist kein Gift an der Wurzel. Ich lernte Menschen mit einer Unschuld und Offenheit kennen, wie sie meiner eigenen Natur fremd waren. Sollte ich beides ursprünglich auch einmal besessen haben, hatte ich es vor langer Zeit schon in den Abendnebeln und der um vier Uhr nachmittags hereinbrechenden Dunkelheit verloren, zwischen versprengten Zäunen und Grasbüscheln hinter mir gelassen.

Ich wurde Anwalt. Man muss leben, wie man sagt. Die Sechziger zogen vorbei, und meine Kindheit schien in eine weit frühere, grauere Welt zu gehören. Es war meine manchmal von mir in meinen Träumen besuchte Innenwelt, Träume, die meine Tage überschatteten. Die Unruhen in Nordirland begannen, meine Familie fing an, sich zu zerstreiten, und die Zeitungen waren voller Bilder von Ladenbesitzern, deren Geschäfte ausgebrannt waren, voller Menschen mit Gesichtern wie unseren.

Ich war erwachsen, ausgebildet, lange schon zu Hause ausgezogen, als Philip erneut in mein Leben trat. Es war Ostern, ein sonniger Morgen. Das Fenster im Esszimmer, durch das man auf den kurz geschnittenen Rasen und den Steingarten hinaussah, stand offen. Ich war ein Besucher in meinem alten Zuhause und frühstückte. Der Toast wartete in einem Ständer, die Orangenmarmelade in einer Schüssel. Wie sich das Leben verändert hatte, weit über alles hinaus, was vorstellbar gewesen war! Sogar der Untermieter hatte sich auf seine Weise zivilisiert: Er trug einen Anzug und ging zu Treffen im Rotary Club.

Meine Mutter war in die Breite gegangen, saß mir gegenüber, reichte mir die Lokalzeitung und deutete auf ein Foto.

»Sieh mal«, sagte sie. »Suzy hat geheiratet.«

Ich nahm die Zeitung, legte meinen Toast auf den Teller und betrachtete dieses Gesicht, diese Gestalt aus meiner Kindheit. Suzy, da stand sie, eine unverschämte junge Frau mit einem Blumenstrauß, den sie wie einen Knüppel hielt. Auf ihrem breiten

Kiefer lag ein Lächeln. Neben ihr stand ihr frischgebackener Ehemann, ein wenig dahinter, einer Lichtspiegelung gleich, gebückt, waren die substanzlosen Umrisse ihrer Eltern zu erkennen. Ich suchte nach einer weiteren Gestalt, die ich kennen würde, dem krumm dastehenden Philip, leicht bedrohlich, nur zur Hälfte eingefangen. »Wo ist ihr Bruder?«, fragte ich. »War er nicht dabei?«

»Philip?« Meine Mutter sah mich an. Eine Weile saß sie mit leicht geöffneten Lippen da, ein Bild der Unsicherheit, ein Stück Toast zwischen den Fingern zerbröselnd. »Hat dir niemand davon erzählt? Von dem Unfall?« Sie schob ihren kleinen Teller beiseite und sah mich finster an, ganz so, als enttäuschte ich sie. »Er ist gestorben«, sagte sie.

»Gestorben? Wie?«

Sie wischte sich einen Krümel aus dem Mundwinkel. »Er hat sich umgebracht.« Sie stand auf, ging zur Anrichte, öffnete eine Schublade und suchte zwischen Platzdeckchen und Fotos herum. »Ich habe die Zeitung aufbewahrt. Ich dachte, ich hätte dir den Artikel geschickt.«

Ich wusste, dass ich mich abgesetzt hatte. Ich wusste, ich hatte mich meinem früheren Leben entzogen, Stück für Stück. Dadurch hatte ich natürlich viel verpasst, wobei ich annahm, nichts Bedeutungsvolles. Aber Philip, er war tot. Ich dachte an die Steine, die er nach mir geworfen hatte, an sein verwirrtes Blinzeln, die blauen Flecken auf den dürren, aus der kurzen Hose herausstakenden Beinen.

»Es ist Jahre her«, sagte meine Mutter.

Sie setzte sich zurück an den Tisch und gab mir die Zeitung, die sie aufbewahrt hatte. Wie schnell Zeitungspapier vergilbt, sie hätte auch aus einer viktorianischen Bibliothek stammen können. Ich nahm sie und las, wie Philip sich in die Luft gesprengt hatte. Die gesamten gerichtlich festgestellten Einzelheiten und das Urteil: ein Unglücksfall.

Philip hatte in Bobbys Gartenschuppen eine Bombe gebaut, mit Zucker und Unkrautvernichter. Es war ein Wahn gewesen, zu Hause Bomben zusammenzubasteln. Vorfälle in Belfast hatten es populär gemacht. Philip war seine Bombe – wofür er sie vorgesehen hatte, war unbekannt – unter den Händen explodiert. Ich fragte mich, was er mit sich genommen hatte, stellte mir den zersplitterten Schuppen vor, die Stapel Blumentöpfe nur mehr Staub, selbst die Kühe auf ihren Weiden hoben verwirrt die Köpfe, als sie die Explosion hörten. Ein belangloser Gedanke kam mir: Irland hatte ihn endlich erledigt, und ich lebte noch, einer der »Provisionals« dieses Lebens, einer der Männer mit dem schwarzen Barett der IRA. Philip war der Erste meiner Altersgenossen, der gestorben war. Ich denke heute oft an ihn. Unkrautvernichter, sagt mein Gehirn: als müsste es noch einmal wiederholt werden. Meine Zündschnur brennt langsamer.

Eingeschläfert

Als ich sehr klein war, klein genug, jedes Mal über den erhöhten Rinnstein vor der Hintertür zu stolpern, pflegte Hund Victor mit mir spazieren zu gehen. Vorsichtig liefen wir über den Hof, und meine Hand steckte tief im struppigen Fell seines Nackens. Er war ein alter Hund, und sein ledernes Halsband war mit der Zeit geschmeidig und dünn geworden. Meine Finger legten sich darum, während die Sonne auf Stein und Schiefer fiel und sich der Löwenzahn in den Ritzen zwischen den Platten öffnete. Alte Frauen schnappten in den Türen frische Luft, dösten auf Küchenstühlen und strichen sich die Röcke über den Knien glatt. Andernorts, in Fabriken, auf Feldern und in Kohlegruben, trieb England trübe dahin.

Meine Mutter sagte immer, es gibt keinen Ersatz. Alles ist seinem Wesen nach es selbst und anders als jedes andere Ding. Es gibt alles nur einmal, und Glück lässt sich nicht wiederholen. Kinder sollten ihren eigenen Namen bekommen und nicht nach anderen Leuten benannt werden. Das finde ich nicht in Ordnung, sagte sie.

Warum hat sie es dann getan, warum hat sie ihr eigenes Gesetz gebrochen? Ich versuche es zu begreifen, und in der Zwischenzeit habe ich eine andere Geschichte über ein paar Hunde, die vielleicht dazu passt. Wenn ich Beweise bringe, fällen Sie dann ein Urteil?

Meine Mutter hatte ihre strengen Ansichten zweifellos, weil sie nach ihrer Cousine Clara benannt worden war, die bei einem Bootsunfall umgekommen war. Lebte sie noch, wäre sie heute einhundertsieben Jahre alt. Es gab nichts an ihr und ihrem Charakter, was meine Mutter wütend machte, an ihre Stelle gesetzt zu werden, denn Clara war nicht dafür bekannt, überhaupt irgendeinen Charakter gehabt zu haben. Nein, was sie aufregte, war die Art, wie die Leute im Dorf ihren Namen aussprachen. *Cl-air-air-ra*: Zäh und verlängert kam er aus ihren Münden, wie ein herausgepresstes Stück Klebstoff.

In jenen Tagen waren wir alle Cousinen, Tanten und Großtanten, die da Tür an Tür in den Reihenhäusern lebten. Wir gingen die ganze Zeit beieinander ein und aus. Meine Mutter sagte, in der zivilisierten Welt klopfe man an, aber so oft sie es auch anmerkte, sahen sie die anderen nur unverständig an und verhielten sich so wie immer schon. Die Wirkung, die meine Mutter auf die Welt zu haben glaubte, entsprach kaum der, die sie tatsächlich hatte. Das dachte ich aber erst später. Als ich sieben war, war sie die Welt für mich, da war sie wie Gott, allgegenwärtig. Sie las meine Gedanken, während ich selbst noch kaum lesen konnte und mich durch die ersten Schulfibeln buchstabierte.

Direkt neben uns in der Reihe wohnte meine Tante Connie. Tatsächlich war sie meine Cousine, aber wegen ihres Alters nannte ich sie Tante. Die Verhältnisse gingen durcheinander, und Sie müssen sie nicht kennen, nur dass Hund Victor bei Connie lebte, meist unter ihrem Küchentisch. Er bekam jeden Tag Fleischpastete, die Connie ihm extra kaufte, wofür sie die Straße hinauflief. Er fraß auch Obst, alles, was er kriegen konnte. Meine Mutter sagte, Hunde sollten richtiges Futter bekommen, aus Dosen.

Victor war bereits tot, als ich sieben war. Ich erinnere mich nicht an den Tag, an dem er gestorben ist, nur an ein dumpfes Gefühl von Unglück. Connie war Witwe. Ich dachte, das sei sie schon immer gewesen. Erst als ich älter wurde, begriff ich, dass Witwe bedeutete, es war einmal ein Mann da. Die arme Connie, sagten die Leute, der Verlust ihres treuen Hundes ist ein weiterer Schlag für sie.

Mit sieben bekam ich eine Uhr, aber mit acht einen Welpen. Als die Idee, einen Hund anzuschaffen, zum ersten Mal aufkam, sagte meine Mutter, sie wolle einen Pekinesen. Darauf sahen die Leute sie genauso an wie bei ihrer Bemerkung, zivilisierte Menschen klopften vorm Hereinkommen. Die Vorstellung, dass jemand bei uns im Dorf einen Pekinesen haben könnte, war schlicht absurd. Das wusste ich bereits. Die Leute hätten ihn gerupft und gebraten.

Ich sagte: »Es ist mein Geburtstag, und ich möchte einen Hund wie Victor.«

Sie sagte: »Victor war einfach nur ein Mischling.«

»Dann will ich einfach nur einen Mischling«, sagte ich.

Ich dachte, wissen Sie, dass Mischling die Bezeichnung für eine Rasse wäre. Tante Connie sagte: »Mischlinge sind sehr treu.«

Das mit der Treue gefiel mir, obwohl ich keine Vorstellung hatte, was es bedeutete.

Am Ende war ein Mischling eine preiswerte Lösung. Als der

Morgen meines Geburtstages kam, werde ich, wie ich annehme, aufgeregt gewesen sein. Ich weiß es nicht mehr. Ein kleiner Junge brachte den Welpen von Godbers Farm. Er stand blinzelnd und zitternd auf dem Teppich vorm Kamin. Die winzigen Beinchen waren wie Hühnerknochen. Ich bin im Winter geboren, und an dem Tag herrschte draußen Frost. Der Welpe war weiß wie Victor, hatte einen Ringelschwanz wie Victor und einen braunen Rücken, der ihn nützlich und häuslich wirken ließ. Ich legte meine Hand auf das Fell seines Nackens und dachte, dass es eines Tages fest genug sein würde, um sich daran festzuhalten.

Der Junge von Godbers Farm war in der Küche und unterhielt sich mit meinem Stiefvater, den ich in jenen Tagen Dad nennen sollte. Ich hörte, wie der Junge sagte, es sei eine echte Schande, passte aber nicht weiter auf, um herauszufinden, worin die Schande bestand. Der Junge ging hinaus und mein Stiefvater mit ihm. Sie redeten miteinander, als würden sie sich gut kennen.

Ich begriff damals nicht, woher die Leute sich kannten. Sie sagten, du kennst *sie*: *sie*, die *ihn* geheiratet hat. Vorher hieß sie Constant, oder auch Reilly. Es gab eine Zeit, da ich nicht wusste, wie sich Namen ändern konnten oder wie überhaupt Dinge geschahen. Wenn jemand aus der Tür ging, fragte ich mich immer, wer oder als was er zurückkommen würde, oder ob überhaupt. Ich will mich, mein Kinder-Ich, hier nicht als einfältig darstellen. Ich fand Gründe für alles, was ich tat. Ich dachte, andere Menschen seien Spielbälle des Glücks, die Kinder Spielbälle von Launen. Ich war der einzige Erbe der Logik in meinem Kopf: der einzige Erbe und Nutznießer.

Als mein Stiefvater gegangen war, blieb ich allein im Wohnzimmer vor dem schlummernden und hier und da züngelnden Feuer zurück und begann mit dem Welpen Victor zu reden. In Vorbereitung auf seine Ankunft hatte ich Anleitungen zur Hundeerziehung gelesen. Darin stand, dass Hunde leise, ruhige, besänftigende Stimmen mochten, aber nicht, was man ihnen sagen sollte. Victor sah nicht aus, als hätte er schon viele Interessen, und so erzählte ich ihm Dinge, die mich interessierten. Ich hockte mich zu ihm auf den Boden, um ihn mit meiner Größe nicht einzuschüchtern, und sah ihm in die Augen. Merk dir mein Gesicht, wünschte ich mir. Nach einer gewissen Portion Langeweile von mir fiel Victor zu Boden, als wären seine Beine zerbrochen. Er schlief wie ein Toter. Ich saß bei ihm und betrachtete ihn. Ich hielt ein Buch auf meinem Schoß, las aber nicht darin. Ich betrachtete ihn und war nie zuvor so ruhig gewesen. Ich wusste, Zappelei war ein Laster, und ich hatte versucht, dagegen anzukämpfen, begriff aber jetzt erst, dass auch ich diese Art von Reglosigkeit in mir trug, die Ruhe, mit der ich Victor seit einer halben Stunde betrachtete.

Als mein Stiefvater zurückkam, wirkte er besorgt und trug etwas unter dem Mantel. Eine rotbraune Schnauze ragte daraus hervor und schnüffelte laut um sich herum. »Das ist Mike«, sagte mein Stiefvater. »Er wäre sonst eingeschläfert worden.« Er stellte den zweiten Welpen auf den Boden. Mike war ein gescheckter Gummiball. Mike rannte zum Kamin, rannte zu Victor und schnupperte an ihm. Er fegte im Kreis um uns herum und schnappte nach der Luft. Seine Zunge hing heraus. Er sprang auf Victor und begann ihn zu pulverisieren.

Mike – um das zu klären – war kein zusätzliches Geschenk für mich. Victor war mein Hund, und ich war für ihn verantwortlich. Mike war der *andere* Hund. Er gehörte allen und keinem. Victor hatte, wie sich erwies, ein ruhiges, manierliches Wesen. Als er das erste Mal an die Leine genommen wurde, lief er anmutig bei Fuß, als hätte er es bereits in einem früheren Leben gelernt. Mike dagegen geriet in Panik, als die Leine an seinem Halsband festgemacht wurde. Er versuchte davonzurennen, zog wie wild, kläffte, sprang in die Luft und überschlug sich. Er warf sich auf die Seite, zappelte und riss und schien einem Herzinfarkt nahe. Ich packte sein Halsband und versuchte verzweifelt, ihn wieder loszumachen. Er verdrehte die Augen, und das Fell an seinem Hals war ganz klamm.

Versuch es wieder, wenn er etwas älter ist, schlug meine Mutter vor.

Alle sagten, es sei schön, dass Victor einen Bruder habe, dass sie sich treu sein würden und so weiter. Ich glaubte es nicht, aber was ich nicht glaubte, behielt ich für mich.

Die kleinen Hunde hatten ein ziemlich gutes Leben, außer wenn nachts die Geister, die in unserem Haus lebten, aus dem Steinboden der Vorratskammer und dem großen Schrank links vom Kaminsims kamen. So wie es aussah, trieften sie weder, noch waren sie weiblich oder manierlich. Sie waren völlig anders als der Geist der ertrunkenen Clara mit ihrer bis zum Hals gerüschten tropfnassen Bluse. Es waren Geister mit spitzgefeilten Zähnen. Man konnte sie nicht sehen, aber spüren, wenn man sah, wie sich die Nackenhaare der Hunde aufstellten und ihnen Schauder den Rücken hinunterliefen. Victors Halskrause wurde bereits länger. Trotz allem, was meine Mutter gelobt hatte, bekamen die Hunde kein Dosenfutter, sondern Reste von allem, was es gerade gab. Ständig wurde Ersatz geschaffen in unserem Haus. Obwohl es doch hieß, dass kein Ding wie ein anderes sei.

»Versuche den Hund noch mal an die Leine zu nehmen«, sagte meine Mutter. Wenn jemand vom »Hund« sprach, war klar, dass Mike gemeint war. Victor saß in der Ecke, er drängte niemandem seine Gegenwart auf. Seine braunen Augen blieben halb geschlossen.

Ich versuchte es noch einmal mit dem Hund und der Leine. Er schoss durchs Zimmer und zog mich hinter sich her. Ich lieh mir ein Buch aus der Bücherei: *101 Tipps zur Hundehaltung*. Mike holte es sich in der Nacht und zerfetzte es bis auf die letzten vier Tipps. Mike zog dich in eine Hecke, in einen Kanal, in den kleinen See, damit du ertrankst wie Cousine Clara, als ihr leichtsinniger Beau sie aus dem Ruderboot kippte. Als ich neun war, dachte ich viel an Clara und stellte mir ihren Strohhut zwischen den Seerosenblättern vor.

Als mein Bruder P. G. Pig geboren wurde, brach meine Mutter ihre eigene Regel. Ich hörte, wie Cousinen und Tanten leise über ihre Namenswahl redeten. Meine Meinung zogen sie nicht in Betracht – zweifellos dachten sie, dass ich sagen würde: Oh, nennt ihn Victor. Robert wurde erwogen, aber meine Mutter sagte, Bob würde sie nicht ertragen. Überhaupt wurden alle Namen verworfen, aus denen die Leute ganz selbstverständlich etwas anderes machten. Aber danach blieben zu wenige zur Auswahl. Endlich dann entschloss sich meine Mutter zu Peter, beide Silben waren klar zu betonen. Wie gedachte sie, dafür zu sorgen, wenn er in die Schule ging, Fußball spielte, wenn er ein Weber oder ein Soldat in einer Kakiuniform wurde? Diese Dinge fragte ich mich. Und zuckte innerlich mit den Schultern. Ich sah mich selbst vor mir. »Ich frage ja nur!«, sagte ich. Die Finger gespreizt und die Augen groß.

Doch da war noch etwas, was den Namen des Babys betraf, etwas, das versteckt sein würde. Indem ich an Türen lauschte, mich an Wände drückte und an Türen lauschte, fand ich heraus, dass das Baby noch einen zweiten Namen bekommen sollte, und der lautete George, nach dem toten Mann meiner Tante Connie. Oh, Connie hatte einen Mann, sagte ich mir. Ich dachte immer noch, dass Witwe, wie auch Mischling, eine eigene Kategorie war.

Peter George, sagte ich mir, P G, Peegee, P. G. Pig. Er würde einen Namen haben, und es würde weder Peter noch Pete sein. Aber warum tuschelten sie so? Warum wandten sie die Schultern ab und senkten die Stimmen? *Weil Connie es nicht erfahren sollte.* Es wäre zu viel für sie, sie würde einen hysterischen Anfall bekommen, wenn sie es erführe. Es war das Gedenken meiner Mutter an den lange getöteten George, den sie vor mir nie zuvor erwähnt hatte: ein Gedenken, für das sie bereit war, eine ihrer charakteristischsten Ansichten über Bord zu werfen. So stark, sagte sie, seien ihre Gefühle in dieser Sache.

Aber Moment. Einen Augenblick. Lassen wir mal Logik durchs Fenster spähen. Das war Connie, richtig? Tante Connie, die nebenan wohnte? Connie, die in drei Wochen zur Taufe kommen würde? Als Katholiken, die sich des Teufels sehr bewusst waren, tauften wir die Kinder früh. Ich stellte mir das schreckliche Wort

»George« vor, wie es dem Priester schwer auf der Zunge lag, ihn sich die Hände auf die Brust drücken ließ, wie er nur mehr ein Stöhnen war, bis es ihm aus dem Mund rollte, auf die Steinfliesen krachte und den Mittelgang hinunterfuhr – und Connies Arme schnellten in die Höhe, ein »Aar…gh!« schlug noch aus ihrem weit offenen Mund, als sie von ihm niedergewalzt wurde. Was für ein fürchterlicher Tod, sagte ich mir. Und fügte feixend an: eingeschläfert.

Connie fand es bald schon heraus. Meine Mutter sagte, und dunkle Wolken umkränzten ihre Stirn: »Sie haben es ihr beim Metzger erzählt. Und sie wollte doch nur, die Gute, eine kleine Scheibe …«

Ich ging weg. Victor saß in seiner Küchenecke und hob einen Teil seiner leberfarbenen Lippe. Ich fragte mich, ob ihn etwas provoziert hatte. War da früh schon ein Geist hervorgekommen? Vielleicht, dachte ich, ist es George.

Connie war wie gewohnt nebenan und ging in der Küche ihren Aufgaben nach. Man konnte sie durch die dünne Wand hören. Das metallene Nudelsieb schlug gegen die emaillierte Spüle, Stuhlbeine kratzten über das Linoleum. In den folgenden Tagen zeigte sie keinerlei Anzeichen von hysterischer Trauer oder auch nur Verträumtheit. Meine Mutter beobachtete sie genau. »Sie hätten es ihr niemals sagen dürfen«, meinte sie. »So ein Schock kann bleibenden Schaden verursachen.« Aus irgendeinem Grund wirkte sie enttäuscht.

Ich wusste nicht, was das alles bedeutete, weiß es heute noch nicht und bezweifle auch, dass ich es möchte: Es war einfach irgendeine Taktik einer Person, die diese an einer anderen erprobte, und das war der Grund, warum ich nicht gerne Schweinchen auf der Leiter spielte, Patiencen legte, Dinge ausschnitt oder überhaupt irgendwelche Gesellschaftsspiele mochte. Ob Winter oder nicht, ich spielte draußen, mit Victor und Mike.

Es war Frühling, als P. G. Pig geboren wurde. Ich ging nach hinten aufs Feld hinaus, um vom Schreien, Spucken und Brabbeln wegzukommen. Victor saß mir zitternd zu Füßen. Mike drehte wahnsinnige Kreise durch die Gänseblümchen. Ich schob mir meinen nicht existierenden Cowboyhut in den Nacken, kratzte mir den Kopf wie ein Alter und sagte: »Loco.«

Mein Bruder war noch ein Knirps, als Victors Charakter eine Wende zum Schlechteren nahm. Immer schon scheu, wurde er plötzlich griesgrämig und fing an, nach Leuten zu schnappen. Eines Tages, als ich kam, um ihn an die Leine zu nehmen, sprang er in die Luft und zwickte mir in die Wange. Da ich mich für eine beginnende Schönheit hielt, hatte ich Angst vor Narben im Gesicht. Ich wusch die Wunde aus und rieb Desinfektionsmittel darauf. Was dabei herauskam, war schlimmer als der Biss selbst, und ich übte den Satz ein: »Schmerzt wie die Hölle.« Ich versuchte meiner Mutter nichts zu sagen, aber sie roch das Desinfektionsmittel.

Später jagte er P. G. Pig und versuchte seine Wade zu erwischen. P G marschierte im Paradmarsch und entkam ihm um Zentimeter, oder noch knapper. Ich zog ein herausgerissenes Stück Frotteestoff aus Victors Zähnen.

Erwachsene griff Victor nicht an. Vor ihnen wich er zurück. »Er geht nur auf Kinder los«, sagte meine Mutter. »Ich finde das sehr verwirrend.«

Mir ging es genauso, und ich fragte mich, warum er mich zu den Kindern zählte. Wenn er in mein Herz sehen könnte, dachte ich, würde er wissen, dass ich die Kriterien nicht erfülle. Mittlerweile hatten wir ein neues Baby im Haus. Victor war nicht mehr zu trauen, und meine Mutter sagte, eine Lösung sei längst überfällig. Er verließ uns unter dem Mantel meines Stiefvaters, eng eingewickelt, sosehr er dagegen ankämpfte. Wir verabschiedeten uns von ihm, tätschelten ihm den Kopf, ohne dass er sich hätte bewegen können. Er knurrte uns an, aus dem Knurren wurde ein Zähnefletschen, und er wurde aus dem Haus und die Straße hinuntergeschafft.

Meine Mutter sagte, sie und mein Vater hätten bei einem älteren Paar ohne Kinder ein neues Zuhause für ihn gefunden. Wie traurig! Ich stellte sie mir vor, ihre schlichten, bekümmerten Gesichter, die beim Anblick des weißen Hundes mit seinem patenten braunen Rücken ganz weich wurden. Er würde ein Ersatzkind für sie sein. Würden sie ihre alten Finger in seiner Halskrause versenken und ihn gut festhalten?

Es war merkwürdig, was ich in jenen Tagen glauben wollte. P. G. Pig wusste es besser. Er saß in der Ecke und stieß mit einer Handbewegung seinen Turm aus blauen Bauklötzen um. »Kaputt«, sagte er.

Etwa ein Jahr später zogen wir in eine andere Stadt, und ich bekam einen neuen Zunamen. Pig und das jüngere Baby hießen bereits so, bei ihnen musste nichts geändert werden. Meine Mutter sagte, ganz allgemein hätten Klatsch und Bösartigkeit überhandgenommen und dass es immer welche gebe, die einem in die Hacken treten würden, wenn es irgendwie möglich sei. Connie und die anderen Tanten und Cousinen kamen uns besuchen, aber nicht zu oft. Meine Mutter sagte, wir wollen nicht, dass *dieser* Zirkus wieder losgeht.

So begannen die Jahre, in denen ich so tat, als wäre ich die Tochter von jemand anderem. Das Wort »Tochter« ist lang und blass und schwermütig, es hat die Hand an der Wange. Das Wort »reumütig« passt dazu. Manchmal dachte ich an Victor und war reumütig. Ich saß mit einem Zirkel und einem Rechenheft da und halbierte Winkel, während draußen Kinder schrien und mit Mike herumtollten. Tatsächlich gab ich Mike die Schuld, Victor von uns entfremdet zu haben, aber es gibt Grenzen, was alles man einem Hund vorwerfen kann.

Mit dem Umzug in das neue Haus hatte sich Mike verändert, nicht in der Art, aber im Ausmaß ähnlich, wie sich sein Bruder x Jahre zuvor verändert hatte. Ich sage x Jahre, weil ich anfange, diesen Teil meines Lebens aus den Augen zu verlieren, und was Zahlen angeht, ist es erlaubt, Platzhalter zu benutzen. An die Geschehnisse erinnerte ich mich ziemlich gut, hatte aber bestimmte Gefühle vergessen, zum Beispiel, was ich an dem Tag empfunden hatte, als Victor von Godbers Farm zu uns gekommen war, und dann, als er in sein neues Zuhause fortgebracht wurde. Ich hörte noch sein Knurren und Zähnefletschen, das kaum weniger wurde, als er aus der Tür getragen wurde. Hätte er mich an dem Tag beißen können, wäre Blut geflossen.

Das Problem mit Mike war: Wir waren in die Mittelklasse aufgestiegen, unser Hund jedoch nicht, und wir hatten vor langer Zeit schon aufgehört zu versuchen, ihn anzuleinen und mit ihm spazieren zu gehen. Er verschaffte sich seine Bewegung selbst, indem er zu jeder Tages- und Nachtzeit davonlief. Er vermochte über Tore zu springen, Löcher in Hecken zu reißen und wurde in der Nähe von Metzgereien gesehen. Manchmal lief er auf die High Street und stahl Päckchen und Pakete aus Einkaufstrolleys. Im Schatten der Ligusterhecke fraß er heimlich ein Weißbrot. Ich sah, wie hingebungsvoll und unschuldig er Scheibe um Scheibe zerkaute. Vorsichtig hielt er sie zwischen den nach innen gedrehten Pfoten, ganz so, als betete er.

Wenn meine Mutter sah, wie sich die Nachbarinnen über den Holzzaun beugten und Gartentipps austauschten, glaubte sie, sie sprächen über Mike. Ihr Ausdruck wurde verkniffen. Sie dachte, er enttäusche die Familie und verrate seine Mischlingswurzeln. Ich kannte mittlerweile die Bedeutung des Wortes. Ich machte bei den Auseinandersetzungen um Mike nicht mit, sondern verkroch mich in mein Zimmer und folgte mit den Fingern den Umrissen Südamerikas. Ich klebte ein Foto Brasílias, der weiß leuchtenden Stadt im Dschungel, in mein Erdkundebuch. Ich legte die Hände zusammen und betete, bring mich dorthin. Da ich nicht an Gott glaubte, betete ich in Vertretung zu Kobolden und Geistern, zur triefenden Clara und zum alten, toten George.

Mike war noch keine fünf Jahre, als sich sein Alter zu zeigen begann. Schließlich hatte er einiges durchgemacht. Im einen Jahr fing er das Fallobst, das unser Apfelbaum zu Boden schüttelte, noch mit dem Maul auf, und was er nicht im Flug erwischte, warfen die kleinen Kinder in seine Richtung. Er raste hinterher und riss beim Hakenschlagen Spuren in den Rasen. Hatte er die Äpfel, warf er den Kopf in den Nacken und schleuderte sie hoch in die blaue Luft, um sich selbst herauszufordern.

Aber schon ein Jahr später war es damit vorbei. Er fing nicht einen einzigen Apfel, selbst wenn sie ihm auf den Kopf herabregneten, und wenn wir alte Tennisbälle für ihn warfen, trottete er unbestimmt, pflichtbewusst los, drehte aber bald wieder um und kam mit leerer Schnauze zurück. Ich sagte zu meiner Mutter, ich glaube, Mikes Augen wollen nicht mehr. Sie sagte, ist mir nicht aufgefallen.

Sein Gebrechen schien ihn nicht zu betrüben. Er lebte weiter sein unabhängiges Leben: Er folgte jetzt seiner Nase, nahm ich an, durch die Löcher im Maschendraht und die offenen Türen von Feinkosthändlern und hochklassigen Metzgern. Er könnte einen Führer brauchen, dachte ich. Vielleicht konnte ich P. G. Pig anlernen? Ich versuchte, was wir seit Jahren nicht versucht hatten, und machte die Leine an seinem Halsband fest. Der Hund legte sich mir zu Füßen und winselte. Ich sah, dass die roten Flecken in seinem Fell verblichen waren, als wäre er zu lange in der Sonne oder im Regen gewesen. Ich machte die Leine wieder los, wickelte sie mir um die Hand und warf sie am Ende hinten in den Dielenschrank. Leise vor mich hin fluchend stand ich da. Ich wusste nicht, warum.

An Neujahr, vierzehn Tage vor meinem zwölften Geburtstag, zog Mike morgens los und kam nicht wieder zurück. Mein Stiefvater sagte: »Mike ist nicht zum Tee gekommen.« Ich sagte: »Mike ist blind, verdammt.«

Sie alle taten so, als hätten sie es nicht gehört. Es gab ein Edikt, um Weihnachten herum nicht zu streiten, und wir waren noch nahe genug dran: steckten in den Tagen mit den merkwürdigen Essensplänen vor Dreikönig, wenn sich Babys Wackelpudding ins Haar schmieren, im Fernsehen *Der Gefangene von Zenda* läuft und niemand verfolgt, wie viel Uhr es ist. Deshalb waren wir weniger alarmiert, als wir es normalerweise gewesen wären, und gähnten uns ins Bett.

Aber ich wachte sehr früh auf, stand zitternd am Fenster, den Vorhang um mich gewickelt, und sah hinaus aufs Land, wie ich es mir vorstellte, denn es gab kein Licht: laublos, nass und warm für die Jahreszeit. Wäre Mike zu Hause, würde ich es spüren, dachte ich. Er würde winseln und gegen die Hintertür stoßen, und wenn ich es nicht hörte, dann jemand anders. Aber ich wusste es nicht. Ich konnte mich nicht darauf verlassen. Ich fuhr mir mit der Hand durchs Haar und stellte es büschelweise auf. Am Ende kroch ich zurück ins Bett.

Ich träumte nicht. Als ich aufwachte, war es neun Uhr, und ich staunte über die Nachsicht meiner Mutter. Sie braucht wenig Schlaf und hält Langschläfer für unmoralisch, weshalb sie mir für gewöhnlich schon um acht in den Ohren lag und Aufgaben für mich erfand. Die weihnachtliche Waffenruhe galt in den frühen Morgenstunden nicht. Ich ging in meinem gepunkteten Schlafanzug nach unten, die Hose aus einem witzigen Einfall heraus bis über die Knie hochgerollt.

»Oh, Himmel noch mal«, sagte meine Mutter. »Und was hast du mit deinen Haaren gemacht?«

Ich sagte: »Wo ist mein Dad?«

Sie sagte: »Er ist zur Polizei gegangen, wegen Mike.«

»Nein«, sagte ich. Ich schüttelte den Kopf und rollte die Hosenbeine herunter. Scheiße, wollte ich sagen. Ich meine meinen Dad, nicht den Ersatz. *Beantworte die Frage, die ich dir stelle.*

Am nächsten Tag ging ich und rief in den schmalen Wäldchen, die an die Felder grenzten, und am Ufer des Kanals nach Mike. Einen Teil des Tages regnete es, harmlos und halbherzig. Nichts schien in die Jahreszeit zu passen, alles war zu früh: Das verrottende Holz der Zäune schimmerte grün. Ich hatte meinen schrecklichen Bruder dabei und behielt den gelben Bommel seiner Strickmütze im Blick. Sobald er aus meinem Blickfeld im Unterholz oder zwischen den Bäumen entschwand, rief ich ihn: Peegee Pig! Ich spürte ihn, bevor ich ihn sah, wie er zurück an meine Seite gelaufen kam.

Ich hatte Bonbons in der Tasche, mit denen ich ihn fütterte, damit er weitermachte. »Mike, Mike!«, riefen wir. Es war Sonntag, das Ende verlängerter Feiertage, die zum Durcheinander der Adventszeit beigetragen hatten. Wir trafen niemanden während unserer Suche. Als der Hund nach einer Weile immer noch nicht antwortete, begann Peegee zu weinen. Er hatte gedacht, wir würden Mike besuchen. An einem vereinbarten Ort.

Ich zog Peegee hinter mir her. Es war alles, was ich tun konnte. Das Wort »Eindringling« wanderte mir durch den Kopf, und ich dachte, was für ein schönes Wort das doch war und wie gut es Hund Mike beschrieb, der dahintrabte und seine rosa Zunge durch die Luft flattern ließ, während Victor im Haus hockte, Angst ausbrütete und ich ihm nicht helfen konnte, weil ich sie mit ihm teilte und es das Einzige war, was ich zum Fressen für ihn hatte.

Am Ufer des Kanals trafen wir endlich einen Mann, nicht alt, dessen offene Jacke selbst für so einen milden Tag nicht ausreichte. Sein Haar war kurz geschoren, die Tasche seines karierten Hemds hing halb abgerissen herunter, und seine Turnschuhe waren voller Matsch. Wer war Mike?, wollte er wissen.

Ich erzählte ihm, welche Theorie meine Mutter hatte: dass Mike von einem betrunkenen Autofahrer niedergemäht worden war. Peegee sägte mit der Hand unter seiner schniefenden Nase hin und her. Der Mann versprach, nach Mike zu rufen und ihn, wenn er ihn fand, zum Tierschutzverein zu bringen. Vorsicht, was die Zwinger der Polizei angeht, sagte er, die Hunde werden da nach zwölf Tagen eingeschläfert.

Ich sagte, in den zwölf Tagen würden wir sicher von ihnen hören. Ich sagte, mein Stief… mein Stief… mein *Vater* sei bei der Polizei gewesen: Am Ende gelang mir das Wort. Ich schwöre bei Gott, dem Allmächtigen, sagte der Mann, dass ich Tag und Nacht nach dem jungen Michael rufen werde. Ich machte mir Sorgen um ihn. Es tat mir leid, dass ihm die Tasche herunterhing, ganz so, als sollte ich Nadel und Faden dabeihaben.

Ich ging weg und war noch keine hundert Meter weiter, als ich das Gefühl hatte, es habe einige Missverständnisse gegeben, die korrigiert werden sollten. Mike ist nur mein Stiefhund. Angenommen, ich hatte diesen Fremden falsch informiert? Aber wenn ich zurück zu ihm ging, um ihm alles noch einmal zu erklären, vielleicht würde er es dann einfach vergessen. Er sah aus wie ein Mann, der fast alles vergessen hatte. Und erst noch mal hundert Meter weiter begriff ich, dass er genau die Art Fremder war, vor der man gewarnt wurde und mit der man nicht sprechen sollte.

Ich betrachtete Peegee mit einem verspäteten Schrecken. Ich hätte ihn beschützen sollen. Peegee lernte in dieser Woche das

Pfeifen, und jetzt pfiff und weinte er gleichzeitig. Er pfiff die Melodie von Dick und Doof, die ich nicht ausstehen konnte. Ich wusste sehr wohl – »sehr wohl« ist einer von Mutters Ausdrücken –, dass Mike irgendwo tot in einem Graben lag, in den er sich humpelnd oder kriechend gerettet hatte, nachdem er von einem Auto überfahren worden war, das er nicht gesehen hatte. Den ganzen Tag schon suchte ich ihn ungeachtet dieser Tatsache.

Oh, ich bin müde, jammerte Peegee. Trage mich. Trage mich. Ich senkte den Blick und wusste, ich konnte es nicht, und er wusste es auch, denn er war schon ein so großer Junge, dass es fast auch andersherum hätte gehen können. Ich hielt ihm ein Bonbon hin, und er schlug meine Hand weg.

Wir kamen zu einer Mauer, und ich hob ihn hinauf. Er hätte mich hinaufheben können. Da saßen wir dann, und die Luft wurde dunkler. Es war vier Uhr, wir waren seit dem frühen Morgen unterwegs und hatten gerufen und gerufen. Ich dachte, ich könnte Peegee Pig ertränken und sagen, der Mann mit der abgerissenen Tasche wäre es gewesen. Ich könnte ihn an der Kapuze seines Mantels über den Treidelpfad ziehen, ihn im hellen, grünen Gebüsch unter Wasser drücken und immer weiter drücken, die Hand auf seinem Gesicht, bis ihn das Gewicht seiner Kleider in die Tiefe zog. Und ich sah mich selbst, einen leichtsinnigen Beau, ein anderes Leben, Seerosenblätter und einen dahintreibenden Strohhut. Soweit ich wusste, war niemand wegen Clara gehängt worden. »Was krieg ich zum Tee?«, sagte Peegee. Worte aus dem Shakespeare, den wir gerade durchnahmen, kamen mir in den Sinn: Käme es zum Äußersten – und wahrlich, jetzt kam es so weit … Die Feuchtigkeit bereitete mir Schmerzen, als wäre ich meine eigene Großmutter. Ich dachte, niemand hört zu, niemand sieht etwas, niemand tut irgendeine verdammte Scheißsache. Du erblindest, wirst wild, und sie machen weiter ihren Weihnachtskram und braten Eier. Scheiße, sage ich zu Peegee, versuchsweise. Scheiße, sagt er mir nach. Mike, Mike, riefen wir, während wir den Treidelpfad hinuntertrotteten und eine frühe Dunkelheit über uns hereinbrach. Peegee Pig schob seine Hand in meine. Wir gingen zusammen durch die Finsternis, und unsere verbundenen Hände waren kalt. Ich sagte mir, ich kann ihn nicht umbringen, er ist die Treue in Person. Auch wenn mir der Gedanke kam, dass wenn er ertränke, jemand nach ihm benannt werden würde. »Komm schon, Peegee«, sagte ich zu ihm. »Aber hör das Pfeifen auf.« Ich trat hinter ihn, steckte meine kalten Hände in die Kapuze seines Dufflecoats und steuerte ihn nach Hause.

Es schwirrten eine Menge Vorwürfe durch die Luft, von wegen, wo wir gewesen wären, oben am Kanal, wo Landstreicher hausten und sonst wer. Meine Mutter hatte bereits Mikes Näpfe ausgewaschen und zum Trocknen hingestellt. Dass sie keine große Hausfrau war, wussten wir, es war ein Zeichen, dass er nicht zurückkommen würde, jedenfalls nicht durch die Tür. Ich weinte ein bisschen, nicht aus Erschöpfung nach dem anstrengenden Tag, sondern plötzliche heiße Tränen, die mir aus den Augen spritzten und das Muster von der Tapete wuschen. Ich sah, wie Peegee mich mit offenem Mund anstarrte, sodass es mir leidtat, mir die Mühe gemacht zu haben, überhaupt zu weinen. Ich wischte mir mit der Faust über das Gesicht und machte mich an die nächste Sache.

Rund ist die Schönheit

Etwa in der Mitte meiner Kindheit begannen meine Altersgenossen zu verschwinden. Sie verschwanden aus den Ansammlungen von Städten der Textilindustrie und aus den Nebenstraßen Manchesters, und ihre Leichen, jedenfalls einige von ihnen, wurden in den Mooren gefunden. Ich war am Rand dieser Friedhöfe geboren und entsprechend aufgeklärt worden. Moore bestraften den, der zur falschen Zeit am falschen Ort war. Sie töteten die Dummen und die Unvorbereiteten. Wanderer aus der Stadt, nichtsnutzige Jungen mit Bommelmützen, liefen tagelang im Kreis, bis sie erfroren. Die Rettungstrupps wurden von nasskalten Nebeln in die Irre geleitet: Leichentüchern, die sich über die Landschaft legten. Die Moore waren bis auf ihr Anschwellen und ihre Strudel gesichtslos, bis auf die langsamen Wellen, die das Land hoben und senkten, ihre Hügel, Ströme und Saumpfade, die von nirgends nach nirgends führten: bis auf die Nässe unter den Füßen, die schuppigen Flecken letzten Schnees und die für das Klima typischen Sturmböen. Selbst bei mildem Wetter war die Luft unstet und miasmatisch, Erinnerungen gleich, die niemandem gehören. Wenn nasskalter Nieselregen und Nebel in die Straßen der umliegenden Siedlungen drang, hatte man schnell das Gefühl, mit dem Verlassen des Hauses, der Straße, des Dorfes ein Risiko einzugehen. Ein Fehler, und man war verloren. Die andere Möglichkeit unterzugehen, als ich Kind war, war die Verdammnis. In die Hölle verdammt zu werden, in alle Ewigkeit. Das konnte sehr einfach gehen, wenn man ein katholisches Kind in den 1950ern war. Sollte der dahinrasende Autofahrer dich im falschen Moment erwischen – sagen wir, mitten zwischen den monatlichen Beichten –, konnte deine vertrocknete Seele einem toten Ast gleich aus deiner Leiche brechen. Unsere Schule lag dafür günstig, wie um das Risiko zu erhöhen, zwischen zwei Kurven der Straße. Reue im letzten Moment war möglich, und darauf wurde Wert gelegt. Man konnte gerettet werden, erinnerte man sich im letzten Gewirr aus zerschlagenen Knochen und Blut an die richtige Formel. Es war alles eine Frage des Timings. Ich glaubte nicht, dass es um Gnade ging. Gnade war eine Theorie, die ich nie hatte wirken sehen, nur, wie die an der Macht den größtmöglichen Vorteil aus jeder Situation zogen. Die Winkelzüge auf dem Schulhof und in der Klasse sind so lehrreich wie die auf dem Exerzierlatz und im Senat. Ich begriff, dass, wie Thukydides mir später erklärte, »die Starken fordern, was sie können, und die Schwachen liefern, was sie müssen.«

Entsprechend musste man, wenn die Starken sagten: »Wir fahren nach Birmingham«, nach Birmingham fahren. Wir werden einen Besuch machen, sagte meine Mutter. Bei wem, fragte ich, weil wir das noch nie zuvor getan hatten. Bei einer Familie, die wir noch nicht gesehen haben, sagte sie, bei einer Familie, die wir noch nicht kennen. In den Tagen nach der Ankündigung sagte ich das Wort »Familie« oft vor mich hin, und sein mürber, weicher Klang war wie ein Zwieback in Milch. Ich trug seinen Geruch mit mir, die menschliche Wärme von karierten Decken und den Hefeduft von Babyköpfen.

In der Woche vor dem Besuch ging ich in meinem Kopf die Umstände durch, die ihn begleiteten. Ich forderte mich mit ein paar Widersprüchen und Rätselhaftigkeiten, die diese Umstände aufwarfen. Ich analysierte, wer *wir* sein mochten, die wir diesen Besuch machen würden: weil das keine feste, einfache Größe war.

Am Abend vor dem Besuch wurde ich um acht ins Bett geschickt, obwohl wir Ferien hatten und der nächste Tag ein Samstag war. Ich öffnete das Schiebefenster, lehnte mich hinaus in die Dämmerung und wartete, bis eine einsame Reihe Straßenlaternen aufblühte, weit hinter den Feldern, unter dem Schatten des Hochlandes. Es roch süßlich nach Gras, Dunst durchzog das Zwielicht. Die Freitagabendmelodie von *Dr. Kildare* trieb aus Hunderten Fernsehern, Hunderten offenen Fenstern den Berg hinauf, über den Speichersee und die Moore, und als ich einschlief, sah ich die Mediziner in ihren eingefrorenen Haltungen, starr, ernst und glänzend, wie Helden auf der Wölbung eines antiken Kruges.

Ich hatte einmal von einem Krug gelesen, in den diese Worte eingraviert waren:

Gerade ist der Weg der Pflicht,
Gerundet die Schönheit.
Folge dem geraden Weg, und wirst sehen,
Das Gerundete folget dir.

Um fünf Uhr holte mich ein Ruf aus meinem Träumen. Ich ging in meinem blau gepunkteten Schlafanzug nach unten, um mich mit warmem Wasser aus dem Kessel zu waschen, und sah den Umriss meines Gesichts, verquollen, im wie graues Leinen ans Sommerfenster gehefteten Licht. Ich war noch nie so weit von zu Hause weg gewesen, selbst meine Mutter, sagte sie, war noch nie so weit gekommen. Ich war aufgeregt, und die Aufregung ließ mich niesen. Meine Mutter stand in der Küche, im ersten unsicheren Sonnenstrahl, machte Sandwiches mit kaltem Schinkenspeck und wickelte sie ohne ein Wort sakramentartig in fettdichtes Papier.

Wir würden Jacks Auto nehmen, das während der letzten paar Monate die Nächte über draußen vor dem Haus am Bordstein gestanden hatte. Es war ein kleines graues Auto wie eine Puddingform, mit der ein Riese einen üblen fettigen, gotteslästerlichen Pudding formen mochte. Das Auto hatte einen faulen, gemeinen, heimtückischen Charakter. Wäre es ein Pony gewesen, hätte man es erschossen. Sein Motor spuckte und dampfte, und das Fahrwerk klapperte. Es wollte Bremsbeläge und einen neuen Auspuff, schreckte vor Bergen zurück und kam in Kurven stotternd zum Stehen. Es fraß Öl, und wenn es neue Reifen wollte, gab es Streit, weil kein Geld da war, und die Tür flog so fest zu, dass das Glas im Küchenschrank in seinen Nuten schepperte.

Das Auto holte das Schlimmste aus allen heraus, die es sahen. Es war eines der ersten Autos in der Straße, und die Nachbarn beneideten uns auf ihre irrige Art darum. Sie betrachteten uns sowieso schon voller Missgunst und Heimtücke und ließen sich zu noch größerer Gehässigkeit hinreißen, wenn sie sahen, wie wir mit Decken, Kesseln, Campingkochern, Regenmänteln und Gummistiefeln an den Bordstein kamen, um einen Tagesausflug ans Meer oder in den Zoo zu machen.

Wir, das waren jetzt fünf: meine Mutter und ich, zwei bissige, knurrende, zwickende Jungen und Jack. Mein Vater machte unsere Ausflüge nicht mit. Auch wenn er noch bei uns wohnte – im Zimmer am Ende des Flurs, dem mit dem Geist –, folgte er seinen eigenen Tagesabläufen und Gewohnheiten, ging freitags in den Jazzclub oder saß einsam für sich synkopierend am Klavier, spät an Wochenendnachmittagen, den Blick in die Ferne gerichtet. So hatte er nicht immer gelebt. Früher einmal hatte er mich in die Bibliothek mitgenommen, war mit mir und meinem Kescher losgezogen. Er hatte mir Kartenspiele beigebracht, und wie man ein Rennprogramm las. Das mochte für eine Achtjährige wenig angemessen sein, doch in unserer tumben, alten Welt war jedwede Fähigkeit eine Gnade.

Aber jene Tage zählten nicht mehr. Jack wohnte jetzt bei uns. Erst war er nur ein Besucher, um schließlich übergangslos immer da zu sein. Er trug nie eine Tasche herein oder packte irgendwelche Kleidung aus. Er war so komplett, wie er war. Nach der Arbeit kam er mit seinem entsetzlichen Auto gefahren, und wenn er die Stufen hinaufstieg und durch die Tür trat, verflüchtigte sich mein Vater zu seinen geheimnisvollen Abendaktivitäten. Jack hatte eine sonnenverbrannte Haut und Muskeln unter dem Hemd. Er war die Definition eines Mannes, wenn ein Mann denn das war, was Besorgnis verbreitete und den Frieden zerstörte.

Während meine Mutter mir die Nester aus den Haaren bürstete, erzählte er mir die Geschichte von David und Goliath. Er wollte mich aufheitern. Es war kein Erfolg. Er gab sich größte Mühe – wie auch ich –, mein Geschrei einzudämmen, wobei seine Stimme immer wieder in den Londoner Tonfall glitt, mit dem er aufgewachsen war. Seine braunen Augen flimmerten, klein und karamellfarben, das Weiß gelblich. Er machte Goliaths Stimme nach, war meiner Ansicht nach aber schwach, was David anging.

Nach einer langen halben Stunde war das Bürsten geschafft, die große Masse meines Haars mit Metallclips am Kopf gebändigt, und ich kippte erschöpft vom Küchenstuhl. Jack stand auf und war ähnlich erschöpft, wie ich annehme. Er wusste sicher nicht, wie oft so etwas gemacht werden musste. Er mochte Kinder, oder stellte sich vor, dass er es tat. Aber ich war (infolge der letzten Ereignisse und meiner eigenen Sicht) nicht wirklich ein Kind, und er war ein sehr junger Mann, zu unerfahren, um die Situation zu durchschiffen, in die er sich gebracht hatte. Er stand immer unter Druck, war angeschlagen, gereizt und schnell beleidigt.

Ich fürchtete mich vor seiner aufbrausenden Art und seiner Irrationalität: Er stritt mit den Dingen, trat nach Eisen und Holz und verfluchte das Feuer, wenn es nicht brennen wollte. Seine Stimme ließ mich zusammenzucken, aber ich versuchte, es mir nicht anmerken zu lassen.

Wenn ich heute zurückblicke, finde ich in mir – insofern ich benennen kann, was ich da finde – ein vages Mitgefühl, das in Richtung Mitleid geht.

Es waren Jacks leichte Entflammbarkeit und seine Vorliebe für Außenseiter, die den Grund für unsere Fahrt nach Birmingham bildeten. Wir wollten zu einem Freund von ihm, der aus Afrika kam. Sie werden sich erinnern, dass wir gerade erst das Jahr 1962 erreicht hatten und ich noch nie jemanden aus Afrika gesehen hatte, außer auf Fotografien, aber die Aussicht selbst war weniger erstaunlich als die Tatsache, dass Jack einen Freund hatte. Ich dachte, Freunde seien etwas für Kinder. Meine Mutter schien zu meinen, dass man aus dem Alter herauswuchs, Erwachsene hatten keine Freunde. Sie hatten Verwandte. Uns kamen nur Verwandte besuchen. Nachbarn konnten natürlich auch kommen, aber nicht zu uns. Meine Mutter war Gegenstand eines Skandals, sie ging nicht aus dem Haus. Wir alle waren Gegenstand eines Skandals, aber einige von uns mussten aus dem Haus. Ich musste in die Schule. Das war das Gesetz.

Es war sechs Uhr morgens, als wir uns im Auto zusammendrängten, die beiden kleinen Jungen sanken schlaftrunken neben mir auf das rote Leder der Rückbank. In jenen Tagen dauerte es sehr lange, irgendwohin zu kommen. Nennenswerte Autobahnen gab es nicht. Man fuhr noch nach Hinweisschildern, und wir schienen keine Straßenkarte zu haben. Weil meine Mutter links und rechts nicht unterscheiden konnte, rief sie: »Dahin, dahin!«, wann immer sie ein Schild sah und es auch las. Das Auto schwenkte in irgendeine Richtung, Jack begann zu fluchen, und sie schrie. Für gewöhnlich blieben wir auf unseren Fahrten im Sand von Southport stecken oder hatten eine Panne neben einer der Natursteinmauern in Derbyshire, der Motor spuckte übel, Jack öffnete die Haube, und meine Mutter gab Ratschläge durchs heruntergekurbelte Seitenfenster: bange Ratschläge, die nicht enden wollten, bis Jack wutentbrannt über die Straße oder den tückischen Sand tanzte, die Stimme ein hysterisches Kreischen wie das einer Frau, und meine Mutter raffte die letzten Reste Selbstkontrolle zusammen, hielt sie in den Armen wie eine Diva ihr Blumenbouquet, senkte ihre Stimme um eine Oktave ab und behauptete: »So rede ich nicht.«

An diesem besonderen Tag jedoch, unterwegs nach Birmingham, fanden wir den Weg ohne jedes Problem. Es war wie ein Wunder. Vormittags um zehn, das Wetter war wunderbar, aßen wir unsere Sandwiches, und ich erinnere mich noch an den ersten Bissen gesalzenes Fett, der sich unter den Gaumen heftete, und den Schluck Nescafé aus der dampfenden Thermosflasche, um ihn herunterzuspülen. In einer Stadt hielten wir, um zu tanken. Auch das verlief ohne Zwischenfall.

Ich ging im Kopf den Grund für unsere Fahrt durch. Der Mann aus Afrika, der Freund, war einmal, heute nicht mehr, ein Arbeitskollege von Jack gewesen. Und er hieß Jacob. Meine Mutter hatte mir erklärt, sage nicht: »Jacob ist schwarz«, sage: »Jacob ist farbig.«

Wie, farbig?, sagte ich. Gestreift? Wie das Handtuch, das in dem Moment zum Trocknen vorm Kamin hing? Ich starrte es an, die Streifen waren zu einem fleckigen Grauviolett ineinander verflossen. Ich fuhr mit der Hand darüber, die Fasern fühlten sich steif wie getrocknetes Gras an. Schwarz, sagte meine Mutter, ist nicht der Ausdruck, den höfliche Leute benutzen. Und hör auf, das Handtuch zu malträtieren!

Also, der Freund, Jacob, hatte einmal in Manchester gewohnt

und mit Jack zusammengearbeitet. Er hatte eine weiße Frau geheiratet, und die beiden waren auf der Suche nach einer Unterkunft überall abgewiesen worden. Kein Zimmer im Gasthof. Obwohl Eva ein Kind erwartete. Besonders, weil sie ein Kind erwartete. Selbst die Tür zum Stall war verriegelt, verschloss sich ihnen. NO COLOREDS – KEINE FARBIGEN – stand auf den Schildern.

Oh, gutes, altes England! Wenigstens kannten die Leute in jenen Tagen noch ihre Rechtschreibung. Da stand nicht NO COLORED'S oder »NO« COLOREDS. Mehr lässt sich dazu nicht sagen.

Also: Jacob offenbarte Jack seine schlimme Lage: keine Unterkunft, die beleidigenden Bemerkungen, die schwangere Eva. Jack, der Leicht-zu-Entbrennende, schrieb einen Brief an eine Boulevardzeitung. Die Zeitung sah das Thema und entbrannte ebenfalls. Namen wurden genannt, Leute bloßgestellt. Es gab eine Kampagne. Briefe wurden geschrieben, Fragen gestellt. Und schon zog Jacob nach Birmingham und nahm eine neue Stelle an. Und es gab auch ein Haus, und ein Baby, sogar zwei. Die Sache hatte sich zum Guten gewandt, und Jacob würde nie vergessen, wie Jack den Knüppel ergriffen hatte. So, sagte meine Mutter, hatte er es ausgedrückt.

David und Goliath, dachte ich. Meine Kopfhaut prickelte, und ich spürte die kalten Haarnadeln darauf. Am Abend war ich nicht zum Kämmen gekommen. Ich fühlte, wie mir das Haar glatt auf den Rücken fiel, versteckt über dem Genick saß jedoch ein Nest, das, falls ich eine zweite Nacht darauf schlief, eine Stunde Gejammere erfordern würde, um gelöst zu werden.

Jacobs Haus war ein Ziegelbau in einem ruhigen Braunton mit einem weiß gestrichenen Tor und einem Kübel mit einem Baum. Ein großes Fenster ging hinaus auf ein grasbewachsenes Bankett mit einem Schössling, und die Straße wand sich mit ähnlichen Häusern weiter, alle rundum mit eigenem Garten. Wir stiegen aus dem heißen Auto und standen mit wackligen Beinen am Straßenrand. Hinter dem Fenster war eine Bewegung zu sehen, Jacob öffnete die Tür und lächelte uns herzlich zu. Er war ein großer, schlanker Mann, und mir gefiel der Kontrast zwischen seinem weißen Hemd und dem sanften Glanz seiner Haut. Ich gab mir alle Mühe, nicht das Wort zu sagen, das unhöfliche Leute gebrauchen, es nicht einmal zu denken. Jacob, sagte ich mir, ist ziemlich dunkel lavendelfarben, fast schon purpurn an einem bedeckten Tag.

Eva trat hinter ihm vor. Sie war ausgleichend blass, und die Hand, die sie ausstreckte, um flüchtig meine kleinen Brüder zu tätscheln, hatte runde, teigige Finger. Nun, nun, sagten die Erwachsenen, und: Das ist alles sehr schön. Hübsch, Eva. Und ein Teppichboden. Ja, sagte Eva. Und musst du mal aufs Örtchen? Ich wusste nicht, was sie meinte. Wasch dir die Hände, sagte meine Mutter. Eva sagte: Lauf nach oben, Schätzchen.

Oben an der Treppe war ein Bad, was nichts war, das ich für selbstverständlich hielt. Eva schob mich hinein, lächelte und drückte die Tür hinter mir zu. Ich trat ans Waschbecken, betrachtete mich im Spiegel und wusch mir die Hände gründlich mit dem Stück Seife von Camay, das dort lag. Vielleicht war ich auch dehydriert von der Fahrt, denn ich schien nichts anderes tun zu müssen. Ich summte vor mich hin: »Jeden Tag noch etwas hübscher ... mit der fabelhaften rosa *Camay*.« Ich sah mich nicht groß um. Ich konnte sie bereits auf der Treppe rufen hören, dass sie jetzt rein dürften. An der Tür hing ein Handtuch, mit dem ich mir sorgfältig zwischen den Fingern hin- und herfuhr. Die Tür hatte einen Riegel, und ich überlegte einen Moment, ob ich sie absperren sollte. Aber schon begann das vertraute Klopfen mit Kopf und Fäusten, ich hörte sie kichern und öffnete die Tür so, dass meine beiden Brüder hereinpurzelten, worauf ich nach unten ging, um den Rest des Tages anzutreten.

Bis zur letzten Stunde der Fahrt war alles bestens verlaufen. »Es dauert nicht mehr lange«, hatte meine Mutter gesagt und sich plötzlich auf ihrem Sitz umgedreht. Sie sah uns stumm an und verdrehte dabei den Hals. Dann sagte sie: »Wenn wir bei Jacob sind, sagt nicht ›Jack‹. Das passt nicht. Ich möchte, dass ihr ...«, und jetzt suchte sie nach Worten, »dass ihr ›Daddy‹ ... ›Daddy Jack‹ sagt.«

Damit wandte sich ihr Kopf wieder nach vorn. Ich betrachtete die Neigung ihres Nackens und dachte, dass sie krank aussah. Fast schämte ich mich für sie. »Gilt das nur für heute?«, fragte ich. Es kam frostig aus mir heraus. Sie antwortete nicht.

Als ich zurück nach unten kam, führten sie Evas Kinder vor, ein Baby und das andere praktisch auch noch eins. Sie sagten, wie witzig es sei, dass eines butterfarben und eines eher bläulich geraten war, und Jacob fand es auch witzig, und dass man es nie wirklich wissen könne, da müsse selbst die Wissenschaft, wie wir sie kannten, noch passen. Aus der Küche war das Scheppern eines Topfes auf dem Gasherd zu hören, Wasserdampf stieg auf, und etwas klirrte. Eva sagte, die Möhren, man kann sie nicht einen Moment aus den Augen lassen. Sie wischte sich die Hände an der Schürze ab, lief zur Tür und verschwand im Dampf. Ich sah ihr hinterher. Jacob lächelte und sagte, und wie geht es dem Mann, der den Knüppel ergriffen hat?

Wir Kinder aßen in der Küche – das heißt, meine Familie, weil die beiden Babys in ihren Hochstühlen bei Eva waren und Brei von einem Löffel saugten. Wir saßen an einem kleinen roten Tisch mit einer vergrößerbaren Platte, und Eva öffnete die Hintertür, sodass die Sonne vom Garten hereinschien. Es gab riesige bleiche Scheiben Schweinebraten und dazu eine beigefarbene Soße, die so dickflüssig war, dass sie auch auf dem Messer die Form behielt. Wenn ich ehrlich bin, ist es wohl die karamellartige Konsistenz dieser Soße, an die ich mich am besten erinnere, wenn ich an diesen Tag zurückdenke, besser noch als die erdrückende Panik, die Tränen und Gebete, die nur noch eine Stunde entfernt lagen.

Nach dem Essen kam Tabby, keine Katze, sondern ein Mädchen, die Nichte von Jacob. Erkundigungen wurden über mich eingezogen: Malte ich gerne? Tabby hatte eine große Tasche mitgebracht und holte grobe, farbige Bögen Papier sowie ein ganzes Set Buntstifte mit zwei Spitzen daraus hervor. Sie sah mit einem schnellen, verhaltenen Lächeln zu mir hin, und wir setzten uns in eine Ecke und malten uns gegenseitig.

Die Jungen buddelten draußen im Garten nach Würmern, kreischten, wälzten sich über den Rasen und schlugen mit den Fäusten um sich. Ich dachte, dass die beiden Babys, die da milchselig schliefen, es bald schon genauso machen würden. Als einer der Jungen dem anderen einen heftigeren Hieb versetzte, heulte der: »Jack! Jack!«

Meine Mutter sah in den Garten hinaus. »Das ist ein hübscher Busch, Eva«, sagte sie. Ich konnte sie in der halb offenen Küchentür stehen sehen, die hochhackigen Sandalen fest auf dem Linoleum. Sie war kleiner, als ich gedacht hatte, wenn ich sie so neben der mehlig weißen Masse von Eva betrachtete, und ihr Blick war auf etwas weit hinter dem Busch gerichtet: auf den Tag, an dem sie das im Moor liegende Dorf hinter sich lassen und ihren eigenen Busch haben würde. Ich beugte den Kopf über das Papier und versuchte mich am verschwommenen Umriss von Tabbys Wange und dem Winkel zwischen Hals und Kinn. Die Rundung des Fleisches, seine sanfte Schönheit entkam mir. Ich fuhr mit dem Stift leicht über das Papier, hatte das Gefühl, sie in Sahne hüllen zu wollen, oder etwas Gemüseweiches, aber Spannbares, wie das herabgefallene Blütenblatt einer Rose. Ich hatte bereits mit Interesse vermerkt, dass Tabbys Stifte in ähnlicher Weise heruntergespitzt waren wie meine zu Hause. Sie hatte wenig Verwendung für Soßenfarben und noch weniger für Sch***z. Fast ebenso unbeliebt war der Stift mit dem morbiden Mauve und dunklen Rosa. Am liebsten schien sie dagegen Gold und Grün zu mögen, wie ich. An den Tagen, an denen ich keine Lust zum Malen hatte und so tat, als wären die Stifte Soldaten, musste ich mir vorstellen, der Gold-Grüne wäre ein Trommler-Junge, so kurz war er.

Mein Stift ruckte über das raue Papier und riss mich aus meiner Träumerei. Ich holte Luft. Biss mir auf die Lippe. Ich spürte, wie mein Herz schneller schlug: Eine undeutliche Beleidigung schien wie der Geruch von altem Gemüsewasser in der Luft zu hängen. Dieses Papier ist für kleine Kinder, dachte ich. Für Babys, die nicht wissen, wie man malt. Meine Finger hielten den Stift. Wie einen Dolch hielt ich ihn. Meine Hand schloss sich darum, und ich begann mit Höchstgeschwindigkeit Strichmännchen zu zeichnen, mit geraden, gelenklosen Armen und Beinen, braunen Os als Köpfen, grinsenden Mündern und abstehenden Ohren. Kleine Goliaths mit breiten Mäulern und je fünf Fingern, die aus den Handgelenken sprossen.

Tabby hob den Blick. *Schschsch ...*, sagte sie, als wollte sie mich besänftigen.

Ich zeichnete sich im Gras rollende Kinder, Kinder aus zwei Kreisen mit einem dritten »O« für die brüllenden Münder.

Jacob kam lachend herein und sagte über die Schulter zu Jack: »... also sag ich ihm, wenn Sie einen ausgebildeten Zeichner für sechs Pfund die Woche wollen, Mann, dann pfeifen Sie nach einem!«

Ich dachte, ich werde Jack nicht irgendwie nennen, ich werde ihm keinen Namen geben. Ich nicke einfach in seine Richtung, damit sie wissen, wen ich meine. Ich werde sogar auf ihn zeigen, auch wenn höfliche Leute das nicht tun. Daddy Jack! *Daddy Jack!* Sie können nach ihm pfeifen!

Jacob stand über uns und lächelte. Sein fester Kragen, der oberste Knopf geöffnet, enthüllte seinen samtenen, ziemlich dunklen Hals. »Zwei nette Mädchen«, sagte er. »Was haben wir denn da?« Er griff nach meinem Bogen Papier. »Was für ein Talent!«, sagte er. »Hast du das ganz allein gemacht, Schatz?« Er sah sich meine Zeichentrickmännchen an, nicht mein Bild von Tabby, die versuchsweisen Striche in der Ecke des Blatts, nicht die Neigung ihres Kieferknochens, die einer Musiknote glich. »Hey, Jack«, sagte er, »also das ist gut, kaum zu glauben, so jung, wie sie ist.« Ich flüsterte: »Ich bin neun«, als wollte ich ihn auf die wahren Umstände aufmerksam machen. Jacob wedelte begeistert mit dem Bogen durch die Luft. »Man könnte sagen, ein Wunderkind«, meinte er. Ich wandte mich ab. Es schien mir ungehörig, ihn anzusehen. Die Welt kam mir in dem Moment verdorben vor, und dass in allen Erwachsenenkehlen der Saft verrottender Lügen brodelte, wie in einem Mülleimer im August.

Ich sehe sie jetzt aus dem Autofenster, Kinder, jeden Tag, auf allen Straßen. Kinder, die irgendwohin unterwegs sind, abseits der von den Erwachsenen beaufsichtigten Routen. Man sieht sie zu zweit, zu dritt, in ungleichen Zusammensetzungen, manchmal zwei mit einem Kleinen im Schlepptau, manchmal einen Jungen mit zwei Mädchen. Es kann sein, dass sie eine Plastiktüte mit einem Geheimnis darin dabeihaben, einen Stecken oder eine Schachtel, aber keine offensichtlichen Spielzeuge. Manchmal trottet ein schäbiger Hund hinter ihnen her. Ihre Gesichter sind entschlossen, ihre Ziele erwachsenen Blicken verborgen. Sie haben ihre eigene Geografie von Stadt und Land, die nichts mit den Meilensteinen und Fixpunkten zu tun hat, derer sich Erwachsene bedienen.

Das Land, durch das sie sich bewegen, ist älter, intimer als unseres. Sie haben ihr privates Wissen darüber. Man erwartet nicht, dass es versagt.

Es war nicht nötig zu fragen, ob wir beste Freundinnen waren, Tabby und ich, während wir den schmalen, matschigen Pfad am Wasser entlanggingen. Vielleicht war es ein Kanal, aber ein Kanal war nichts, was ich schon mal gesehen hatte, und mir schien es eher ein friedlicher Fluss von silbergrauer Farbe, gezeitenlos, aber nicht ohne Bewegung, von Riedgras und anderen hohen Gräsern gesäumt. Meine Hand lag sicher in Tabbys Hand, auf deren schmalem Rücken sich das Licht schmiegte. Sie war einen Kopf größer als ich, gertenschlank und fühlte sich kühl an, selbst am heißen Ende dieses heißen Nachmittags. Sie sei zehn und ein Viertel Jahre alt, sagte sie leichthin, fast so, als wäre es etwas, das man einfach so abtun konnte. In ihrer freien Hand hielt sie eine Papiertüte, und in dieser Tüte, die sie mit bescheiden gesenktem Blick aus ihrer Schultasche geholt hatte, waren reife Pflaumen.

Sie waren – in ihrer perfekten Form in meinen Händen, in ihrer kalt violetten Röte – so fleischig, dass die Zähne in ihre Haut zu kerben mir das Gefühl gab, ein Teezeitkannibale zu werden, ein Vampir für einen Tag. Ich trug die Pflaume in meiner Hand, liebkoste sie, drehte sie wie ein enteignetes Auge und spürte, wie sie durch meine erhitzte Haut warm wurde. So spazierten wir dahin, enthaltsam, bis Tabby an meiner Hand zog, mich stoppte und zu sich hindrehte, als wollte sie eine Zeugin. Sie sah mich an, rollte die dunkle Frucht in ihrer Faust, hob sie an ihren sepiafarbenen Mund und tauchte ihre kleinen Zähne in das reife Fleisch. Saft rann ihr über das Kinn, den sie beiläufig wegwischte. Sie wandte mir ihr Gesicht jetzt voll zu, und zum ersten Mal sah ich ihr offenes Lächeln, die geöffneten Lippen, die Lücke zwischen ihren Schneidezähnen. Sie schnipste mit der Rückseite ihrer Finger leicht gegen mein Handgelenk. Ich spürte die Schärfe ihrer Nägel. »Gehen wir auf die Wracks«, sagte sie. Das hieß, dass wir durch einen Zaun kriechen mussten. Durch ein Loch in ihm. Ich wusste, es war nicht erlaubt. Ich wusste, davor stand ein Nein: Aber dann, an diesem Nachmittag, was störte mich da ein Nein? Unter den Draht, durch den Riss, die Öffnung von Vorgängern bereits geweitet, von denen einige doppeldicke wollene, doppelgestrickte Fäustlinge getragen haben mussten, um ihr Fleisch vor Kratzern zu schützen. Als wir durch den Zaun waren, jauchzte Tabby.

Und schon sprang und tanzte sie ins Reich der toten Autos. Sie stapelten sich bis über unsere Köpfe, jeweils drei übereinander. Ihre Hände reckten sich, um gegen rostige Türschwellen und Kotflügel zu schlagen. War einmal Glas in den Fenstern gewesen, lag es jetzt zu unseren Füßen verstreut. Autolack leuchtete auf, rehbraun, bananengelb, ein degradiertes Scharlachrot. Mir war schwindelig, ich stieß mit den Fingern gegen Metall, es zerfiel, ich war hindurch. Nur für einen Moment mag ich gelacht haben. Aber ich glaube nicht.

Sie führte mich über Pfade ins Herz der Wracks. Hier spielen wir, sagte sie und schob mich voran. Wir blieben stehen, um eine Pflaume zu essen. Wir lachten. »Bist du zu jung, um einen Brief zu schreiben?«, fragte sie. Ich antwortete nicht. »Hast du schon mal von Brieffreundinnen gehört? Ich habe eine.«

Überall um uns herum zeigte der Schrottplatz seine Knochen. Die Wracks standen für sich, Stapel an Stapel vor dem schwächer werdenden gelben Licht. Als ich den Blick hob, schienen sie die Stellung zu ändern, diese Kadaver, und auf mich herabstürzen zu wollen. Ich sah klaffende Fenster, aus denen einmal Gesichter geblickt hatten, Motorhöhlen voll blauer Luft, profillose Reifen, leere Radkästen, offene Kofferräume ohne Gepäck, nackte Federn, wo einmal Sitze gewesen waren. Und manche Wracks waren verzogen, wie durch Feuer verheert, gesch***zt. Wir gingen trauervoll, die Backen gebläht, zwischen ihnen hindurch. Als wir etliche Reihen durchquert, unübersichtliche Kurven genommen und uns von der schwammartigen Korrosion rutschender Stapel zur Seite hatten drängen lassen, wollte ich fragen, warum spielst du hier und wen meinst du mit *wir*, kann ich eine deiner Freundinnen sein oder wirst du mich vergessen, und können wir jetzt bitte wieder gehen?

Tabby duckte sich hinter einem vergammelnden Haufen aus dem Blick. Ich hörte sie kichern. »Hab dich!«, sagte ich. »Ja!« Sie wich, scheute zur Seite, aber mein Pflaumenstein traf sie auf die Schläfe, und als er ihr Fleisch berührte, schmeckte ich das verführerische Gift, das die Zunge spüren kann, wenn man einen Stein knackt. Unversehens trabte Tabby los, und ich jagte sie: Als sie schließlich schlitternd mit ihren flachen braunen Sandalen abbremste, blieb auch ich stehen, hob den Blick und sah, dass wir an eine Stelle gelangt waren, wo der Himmel kaum noch zu sehen war. Nimm eine Pflaume, sagte sie. Sie hielt mir die Tüte hin. Ich habe mich verlaufen, sagte sie. Wir, wir haben uns verlaufen, fürchte ich.

Was danach kam, kann ich, wie Sie verstehen werden, zeitlich nicht genau umreißen. Ich habe mich seitdem nie wieder verlaufen, nicht so, ohne Anhaltspunkt und ohne begründete Hoffnung, gerettet zu werden, gerettet werden zu können, und dass ich es verdiene. Aber die nächste Stunde, die mir wie ein Tag vorkam, ein Tag mit schwindendem Licht, rannten wir wie Kaninchen: von Stapel zu Stapel, Schrottstück zu Schrottstück, und die Wracks wuchsen, je tiefer wir zwischen sie drangen, bis zu fünf, sechs Meter über uns auf. Ich konnte ihr nicht die Schuld geben. Ich tat es nicht. Aber ich sah auch nicht, wie ich uns helfen konnte.

Wäre es ein Moor gewesen, hätte mich – fühlte ich – eine ererbte Kraft in Richtung der metallenen Straße vorangetrieben, zu einem Flussbett oder einer Wolke, die mich weitergeleitet hätte, durchnässt und geschlagen, zur A57, ins rettende Auto eines Fremden, und der nasse innere Atem des Fahrzeugs (von wem auch immer) hätte sich für mich wie der schützende Hauch im Bauch eines Wals angefühlt. Aber hier lebte nichts. Ich konnte nichts tun, denn es gab nichts Natürliches. Das Metall reckte sich morsch und sch***z ins Abendlicht. Wir werden für immer von Pflaumen leben müssen, dachte ich. Denn mir war klar, dass nur eine Abrissbirne bis hierher vordringen würde. Kein Fleisch würde hier gerettet werden, keine Rettungsmannschaft kommen. Als Tabby nach meiner Hand griff, waren ihre Fingerspitzen kalt wie Stahlkugeln. Einmal hörte sie Leute rufen. Männerstimmen. Das sagte sie. Ich hörte nur ferne, formlose Töne. Sie rufen unsere Namen, sagte sie. Onkel Jacob, Daddy Jack. Sie rufen uns.

Und zum ersten Mal begann sie sich auf eine zielgerichtete Weise zu bewegen. »Onkel Jacob!«, rief sie. Sie tat es mit dem unsteten Blick mangelnder Überzeugung, wie ich ihn schon bei meiner Mutter gesehen hatte – konnte das erst an diesem Morgen gewesen sein? »Onkel Jacob!« Dann legte sie eine respektvolle Pause ein, damit auch ich rufen konnte. Ich tat es aber nicht. Ich wollte nicht, oder konnte ich nicht? Heiße Tränen traten mir in die Augen. Um mich zu vergewissern, dass ich noch lebte, griff ich in das geheime Haarnest über meinem Nacken: Ich rieb und zwirbelte es, rieb und zwirbelte es. Wenn ich überlebte, musste es unter Schmerzen herausgebürstet werden. Das schien gegen ein Weiterleben zu sprechen, und ich fühlte zum ersten und nicht zum letzten Mal, dass der Tod zumindest etwas Eindeutiges ist. Tabby rief: »Onkel Jacob!« Sie blieb stehen, ihr Atem ging angespannt und schnell, und sie hielt mir den letzten Pflaumenstein hin, den Kern, von dem alles Fleisch gelutscht war.

Ich nahm ihn ohne Ekel. Tabbys besorgte Augen sahen ihn an. Er lag in meiner Hand, das schrumpelige Hirn eines kleinen Tieres. Tabby beugte sich vor. Sie atmete noch immer schwer. Der Nagel ihres kleinen Fingers kratzte an den Windungen des Kerns, und sie legte sich die Hand auf den Brustkorb. Sie sagte: »Er ist wie eine Karte der Welt.«

Wir begannen zu beten. Ich will es nicht verheimlichen. Es war Tabby, die darin eine Chance sah. »Ich kenne ein Gebet«, sagte sie. Ich wartete. »Kleiner Jesus, sanft und mild ...«

Ich sagte: »Was hilft es, zu einem Baby zu beten?«

Sie warf den Kopf in den Nacken. Ihre Nasenflügel bebten. Immer mehr Gebete begannen aus ihr herauszuströmen.

»Jetzt, da ich mich schlafen lege,

Behüte, Gott, mir meine Seele ...«

Hör auf, sagte ich.

»Und sollt im Schlaf ich sterben ...«

Bevor es mir überhaupt bewusst wurde, schlug ich ihr auf den Mund.

Nach einer Weile hob sie die Hand, und eine Fingerspitze berührte zitternd den Mundwinkel, dessen getroffenes Fleisch gerötet war. Sie fuhr sich über die Lippe, und einen kurzen Moment lang wurde die Innenhaut sichtbar, dunkel und geschwollen. Blut kam keines.

Ich sagte: »Willst du nicht weinen?«

Sie sagte: »Du?«

Ich konnte nicht sagen, ich weine nie. Das stimmte nicht, und sie wusste es. Sie sagte leise: Es ist okay, wenn du weinen möchtest. Du bist katholisch, oder? Kennst du kein katholisches Gebet?

Gegrüßet seist du, Maria, sagte ich. Bring es mir bei, sagte sie, und ich sah, warum: weil es Nacht wurde: weil die Sonne nur mehr zornig die ferneren Spitzen des Schrottplatzes erhellte. »Hast du keine Uhr?«, flüsterte sie. »Ich habe eine, eine Timex, aber die liegt zu Hause in meinem Zimmer.« Ich sagte, ich habe auch eine. Es ist eine Westclox, aber ich darf sie nicht aufziehen, nur Jack soll das tun. Ich wollte sagen, und er ist oft müde, und es ist spät, und meine Uhr bleibt stehen, aber ich traue mich nicht zu fragen, und wenn sie am nächsten Tag nicht läuft, gibt es Geschimpfe, und ich kann in dem verflixten Haus nur eine verflixte Sache machen (Türen zuknallen).

Es gibt ein bestimmtes Gebet, das nie versagt. Es richtet sich an den Heiligen Bernard, oder ist von ihm, ich habe das nie wirklich verstanden. Denke, oh, liebreichste Jungfrau Maria, es ist *nicht bekannt*, dass Dich *jemals* jemand um Unterstützung, um Deine Fürsprache gebeten, um Hilfe angefleht hätte und nicht erhört worden wäre. Ich dachte, dass es so lautete, oder doch ähnlich genug – vielleicht waren es nicht die genauen Worte, aber konnten einzelne Fehler etwas ändern, wenn du ans Tor der Unbefleckten selbst klopftest? Ich war bereit zu flehen, inständig: Und dieses Gebet, das wusste ich, war das beste und mächtigste, das je erfunden worden war. Es war die eindeutige Erklärung, dass der Himmel dir helfen oder zur Hölle fahren musste! Es war eine Stichelei, eine Herausforderung der heiligen Muttergottes. Bring es in Ordnung! Mach es jetzt! Alles andere wäre *unerhört*! Aber gerade, als ich anfangen wollte, begriff ich, dass ich es nicht so beten konnte. Weil, wenn es nicht funktionierte …

Alle Kraft schien mich zu verlassen, aus Armen und Beinen zu weichen. Ich setzte mich in den tiefen Schatten der Autowracks, wo alles doch darauf verwies, dass wir in die Höhe steigen mussten. Ich würde nicht auf das Gebet des Heiligen Bernard wetten und dann mein ganzes Leben wissen, dass es nutzlos war. Ich konnte ein langes Leben haben, vielleicht ein sehr langes. Ich muss gedacht haben, dass es schlimmere Umstände geben könnte, bei denen ich diese letzte Karte noch im Ärmel brauchte.

»Klettere!«, sagte Tabby, und ich kletterte. Ich wusste – sie auch? –, dass der Rost zerfallen und uns tief ins Innere der Wracks stürzen lassen konnte. Klettere, sagte sie, und ich tat es: Jeder Schritt vorsichtig, um die Widerstandsfähigkeit des sich zersetzenden Metalls zu testen, sein Nachgeben unter meinen Füßen, sein jämmerliches Husten und Wimmern, seine Verwahrlosung und die mineralische Verzweiflung. Tabby kletterte. Ihre Füße huschten, leicht, schlitternd, die Sohlen ihrer Sandalen tapsten, kratzten wie Ratten über das Blech. Und dann, entschlossen wie Cortez, verharrte sie, streckte die Hand aus und starrte in eine

Richtung. »Die Holzstapel!« Ich sah hinauf in ihr Gesicht. Sie wankte und schwankte zwei Meter über mir. Der Abendwind schlug den Rock um ihre dürren Beine. »Die Holzstapel!« Ihr Gesicht öffnete sich wie eine Blume.

Ihre Worte sagten mir nichts, aber ich verstand ihre Bedeutung. Wir sind raus!, rief sie. Sie reckte den Arm in meine Richtung. Komm, komm!, rief sie zu mir herunter, aber ich heulte zu heftig, um sie zu hören. Ich arbeitete mich zu ihr hinauf: Krabbenarme, Krabbenbeine, für jeden Schritt weiter vor zwei zur Seite. Sie beugte sich herunter und griff nach meinem Arm, packte den Ärmel, zog und hievte mich neben sich. Ich richtete meine Strickjacke, brachte die Wolle zurück in Form, und sie rutschte zurück bis aufs Handgelenk. Ich sah das Licht im still dastehenden Wasser und den Pfad, der uns hergebracht hatte.

»Nun, ihr Mädchen«, sagte Jacob, »wisst ihr nicht, dass wir nach euch gerufen haben? Habt ihr uns nicht gehört?«

Also, angenommen, das hätte ich, dachte ich. Angenommen, sie hatte recht: Ja, ich kann mich hören – Sie nicht auch? –, wie ich schreie, hier, Daddy Jack, hier bin ich! Komm und rette mich, Daddy Jack!

Es war sieben Uhr. Sie hatten Sandwiches gemacht, und Jacob hatte Eis und Waffeln geholt. Auch wenn wir vermisst wurden, hatten wir doch nie eine Krise dargestellt. Die Hauptsache war, wir waren zur rechten Zeit fürs rechte Essen da.

Die kleinen Jungen schliefen auf der Fahrt nach Hause, und ich denke, ich auch. Vom nächsten Tag, der nächsten Woche, den nächsten Monaten weiß ich nichts mehr. Es erschreckt mich, dass ich nicht mal mehr sagen kann, wie ich mich von Tabby verabschiedet habe, mich nicht einmal mehr erinnere, an welchem Punkt des Abends sie mit den Stiften in ihrer Tasche und den Erinnerungen in ihrem Kopf verschwunden ist. Irgendwie, mit dem Glück auf unserer Seite, muss meine Familie zurück nach Hause gelangt sein, und es dauerte ein paar Jahre, ehe wir uns wieder einmal so weit wegbewegt haben.

Die Angst, mich zu verirren, ist dieser Tage keine große auf der Liste der Ängste, mit denen ich zu leben habe. Ich versuche, nicht an meine Seele zu denken, ob nun verirrt oder nicht (obwohl es dreißig Jahre her sein muss, dass ich zuletzt gebeichtet habe), und ich muss im Allgemeinen nicht darin Zuflucht suchen, wie manche Frauen insgeheim die Straßenkarte zu drehen und die Kreuzungen und Abzweigungen zu zählen. Man sagt, Frauen können keine Karten lesen und wissen nie, wo sie sind, aber im Jahr 2000 hat die nationale Landvermessungsbehörde erstmals eine Frau zur Direktorin ernannt, und ich nehme an, diese spezielle Verunglimpfung verliert langsam an Kraft. Ich habe einen Mann geheiratet, der sich berufsmäßig mit der Beschaffenheit des Landes beschäftigt und es vorziehen würde, wenn ich uns in Referenz auf Hügelgräber, Flussbetten und alte Monumente ans Ziel navigieren würde. Aber mir reicht ein Finger, der der Hauptstraße folgt, und ich sage nervös: »Wir sind noch etwa drei, vier Kilometer von der Abzweigung entfernt, oder natürlich vielleicht auch nicht.« Weil sie immer an den Höhenlinien herumreißen, alles auf den Kopf stellen und unter der Karte herumpflügen, die dir im letzten Jahr noch als *le dernier cri* verkauft wurde.

Was das Moorland angeht, so weiß ich, dass ich es weit hinter mir gelassen habe. Selbst die beiden zwickenden Jungen von der Rückbank teilen meine Wertschätzung von Wildblumenbanketten und üppigen bebaubaren Gegenden. Es ist möglich, stelle ich mir vor, ein Haus auf festen Grund zu bauen, ein Zuhause mit weiter Aussicht. Was aus Jacob und seiner Familie geworden ist, weiß ich nicht: Hat jemand erzählt, dass sie zurück nach Afrika gezogen sind? Von Tabby habe ich nie wieder gehört. Aber in den letzten Jahren, seit Jack durchs Reich der Toten wandelt, sehe ich seine braune Haut wieder vor mir, seine umherschweifenden karamellfarbenen Augen, seine quälende Wut auf Macht und Missbrauch: Und ich denke, vielleicht war er sein ganzes Leben eine verirrte Seele und hat nach einem gerechten Haus gesucht, einem sicheren Ort, der ihn aufnehmen würde.

Zunächst einmal lebten wir jedoch weiter in einem jener Häuser, in denen es nie Geld gab und Türen zugeknallt wurden. Einmal flog die Scheibe aus dem Küchenschrank, obwohl ich sie kaum mit den Fingern berührt hatte. Ich riss sofort die Hände in die Höhe, um meine Augen zu schützen. Und über einige Jahre konnte man die feinen Narben, den Geistern von Spitzenhandschuhen gleich, zwischen meinen Fingern sehen, die die Schnitte hinterlassen hatten.

Sprechen lernen

Als Kind ging ich in einem Dorf der Textilindustrie in Derbyshire, in den Pennines, in die Schule, in der schon meine Mutter und Großmutter nicht viel gelernt und während der Winter ihre Frostbeulen gepflegt hatten. Nach der Schule arbeiteten sie in der Baumwollspinnerei. Aber ich wurde in glücklicheren Zeiten geboren. Als ich elf war, zog meine Familie um, und ich kam als externe Schülerin in eine Klosterschule in Cheshire. Ich besaß gewisse Pausenhoffähigkeiten, was verbale wie körperliche Tätlichkeiten anging, und kannte meinen Katechismus. Geschichte, Geografie oder gar englische Grammatik hatten dagegen nie auf meinem Lehrplan gestanden. Vor allem hatte ich nie korrekt sprechen gelernt.

Die Entfernung zwischen den beiden Schulen betrug nur zehn, elf Kilometer, aber die soziale Kluft war riesig. Die Leute in Cheshire wohnten nicht in Reihenhäusern aus grobem Naturstein, sondern hinter Rauputz- und nachgemachten Tudor-Fassaden. Sie pflegten ihre Rasenflächen und blühenden Bäume und hängten Vogelhäuschen auf. Sie hatten Familienautos, die als »kleine Flitzer« bekannt waren. Mittags, zu unserer alten *Dinnertime*, nahmen sie ihren *Lunch* ein und zu unserer *Teatime* das

Dinner. Und sie säuberten sich in etwas, das man Badezimmer nannte.

Das war 1963. Die Leute waren sehr aufgeblasen, wenn vielleicht auch nicht mehr als heute. Später, als ich nach London ging, galten bestimmte provinzielle Akzente als akzeptiert, wenn nicht gar schick, die aus meiner Gegend im Nordwesten gehörten jedoch nicht dazu. Die späten Sechziger waren eine Zeit der Gleichstellung, und die Leute sollten sich um ihre Akzente keine Gedanken machen, aber sie taten es und versuchten sich sprachlich anzupassen – oder mussten feststellen, dass sie mit forcierter Heiterkeit behandelt wurden, ganz so, als wären sie leidend oder leicht deformiert. Als ich in meine neue Schule kam, wusste ich nicht, dass ich ein Anlass zur Heiterkeit werden würde. Gruppen von Mädchen kamen mit idiotischen Fragen zu mir, um mich dazu zu bringen, bestimmte Worte auszusprechen, *Schibboleths*. Dann sprangen sie davon, johlten und kicherten.

Mit dreizehn hatte ich meinen Akzent leicht modifiziert, und meine Stimme verschaffte mir einen gewissen Ruf. Ich hatte vor so gut wie allem Angst, nur nicht davor, öffentlich zu sprechen, hatte nie die üble, betäubende Qual von Bühnenangst durchlitten, und ich debattierte gerne. Ich hätte womöglich eine gute Vertrauensfrau in einer lauten Fabrik abgegeben, aber so etwas wurde einem an unserem jährlichen Berufsberatungsabend nicht angeboten. Die Leute dachten, ich sollte Anwältin werden. Also wurde ich zu Miss Webster geschickt, um richtig sprechen zu lernen.

Miss Webster war nicht einfach nur eine Sprachlehrerin, sondern führte auch einen Laden. Er lag ein paar Minuten von der

Schule entfernt und hieß Gwen & Marjorie. Es gab Wolle und Babykleidung. Miss Webster war Gwen, Marjorie eine beleibte Frau, die sich langsam zwischen den Knäueln hinter der Glastheke herbewegte. Sie trug eine große Strickjacke, womöglich selbst entworfen. Die Strickmuster-Models zirkulierten durchs Zeitschriftenregal und stellten ihre perfekten Zähne zur Schau: schlanke Frauen in spitzenartig gestrickten Boleros, glatt rasierte Männer in Pullovern mit Zopfmuster. Miss Webster hatte eine Tafel beim Eingang hängen, auf der ihre Qualifikationen aufgelistet waren. Um vier Uhr wurde die Tür weit geöffnet, damit ihre Schüler von den beiden örtlichen Schulen, ohne Marjorie zu stören, den Flur hinten im Laden zum Wohnzimmer hinuntergehen konnten, wo der Sprachunterricht stattfand.

Von dort sah man hinaus auf einen rechteckigen Garten, in dem ein paar Büsche sanft vor sich hin dorrten. Ein spätnachmittäglicher Nordhimmel rauschte darüber hinweg, und das Gasfeuer flackerte und knisterte. Die Kinder, es waren sechs, sieben, alle mit verschiedenen Lernbedürfnissen, hockten auf den Sessellehnen, putzten sich die Nasen und mussten eine Ecke finden, wo sie ihre Schultaschen und Veloursmützen ablegen konnten. Es waren alles Mädchen, Jungen gab es keine. Konnten die nicht richtig sprechen, hatten sie, nehme ich an, andere Möglichkeiten, um im Leben weiterzukommen.

Miss Webster war eine kleine spatzenartige Frau mit krausen weißen Haaren, vortretenden Schienbeinen und einer hochgeklappten Brille. Es stimmt schon, dass man nie zu reich oder zu dünn sein kann, aber Miss Webster *war* zu dünn, und das dachte ich, obwohl ich selbst dünn war und es in jenen Jahren

Mode wurde, wie ein regelmäßiger, trauernder Besucher des Grabmals der Capulets auszusehen. Sie hatte nur einen Lungenflügel, wie sie den Leuten zu erklären pflegte, und ihre Stimme war dementsprechend wenig beeindruckend. Ihr Akzent war gefährlich geziert, Manchester mit Zuckerguss. Sie war Schauspielerin an nördlichen Repertoiretheatern gewesen. Wann? Wie lange war es her? »Ich habe in Oldham Lady Macbeth gespielt, als Dora Bryan die Bühnen erobert hat.«

Es war Miss Websters Aufgabe, uns beizubringen, wie man Verse und Passagen aus Shakespeare rezitierte: uns die Versmaße und Versformen nahezubringen, wie man atmete und artikulierte, und uns für Prüfungen anzumelden, damit wir Zeugnisse bekamen. Die meisten ihrer Schülerinnen gingen schon seit sie sieben oder acht waren zu ihr und bewegten sich schmerzlich langsam durch die verschiedenen Stufen. Da ich eine Anfängerin war, kam ich, eine trübsinnige Riesin mit zerrissener Strumpfhose, in meiner ersten Stunde mit den Kleinen zusammen. Zur Probe las ich ein kurzes Gedicht über Kobolde vor, das Miss Webster mir gab. Sie sagte, ich käme besser mit den großen Mädchen wieder her. Es gebe Dreizehnjährige und Dreizehnjährige, sagte sie, und wie hätte sie wissen sollen, zu welchen ich gehörte? Ich stellte mir vor, dass nach meinem Vortrag ein sichtbarer Sprung in einer der blauen Glasvasen auf dem Regal über dem Kamin zu finden war. Ich saß auf dem Boden, die Arme um die Knie geschlungen, und wartete darauf, entlassen zu werden. Miss Webster gab mir ein Schaubild der menschlichen Atmungsorgane: natürlich nicht ihrer eigenen, sondern wie sie sein sollten. Gwen und Marjories Hund kam herein, ein Yorkshire-Terrier, der zwischen unseren Beinen und Schulranzen umherlief. Er trug eine kleine rosa Schleife um seinen Haarknoten, die ich in meiner Vorstellung auf Miss Websters Kopf verpflanzte. Sie und der Hund schienen sich ähnlich: klapprige Kläffer und nicht zu intelligent. Zumindest wusste Miss Webster, wie man klingen sollte. Zu den wöchentlichen Übungen gehörten Reime mit allen schwierigen Vokalen. Alle waren Fallen, die Miss Websters Berufsverband erdacht hatte, um jedweden regionalen Akzent hervorzulocken:

Father's car is a Jaguar,
And Pa drives rather fast,
Castles, farms and drafty barns,
We go charging past ...

Meine Brüder und ich waren oft verdutzt, als wir frisch nach Cheshire kamen. »Was meinen sie«, fragte der Jüngste, der jetzt in eine Schule der Church of England ging, »wenn sie vom Königreich sprechen, *the par and the glory*?« Und jahrelang dachte ich, ich könnte beim Tennis einen Punkt mit einem gut ausgeführten *parsing shot* gewinnen.[1]

---

[1] In dem vorangegangenen Gedicht geht es um die »a«s und »ar«s, die regional unterschiedlich ausgesprochen werden, was beim Vorsprechen klar hervortritt. Im darauffolgenden Absatz versteht der Junge »the par and the glory«, gemeint ist allerdings »the power and the glory«, die Macht und der Ruhm. Der »parsing shot« ist ein »passing shot«, ein Passierball, die Erzählerin versteht jedoch »parsing« von »to parse«, was »etwas grammatisch analysieren« bedeutet.

Ich war noch nicht im Süden von England gewesen, und mir war nicht klar, dass man mir die Eigenheiten eines anderen Teils des Landes beibrachte. Eine britische Standardaussprache war das Ziel, mit einem klaren südlichen Tonfall. Irgendwo im Südwesten stolperte ein Schulmädchen vielleicht gerade über ein paar andere Fußangeln:

Roy's employed in Droitwich
In a first-class oyster bar;
Moira tends to linger
As she sips her Noilly Prat ...[2]

In den nächsten drei Jahren ging ich jeden Dienstag zu Miss Webster und schlenderte nach dem Unterricht durch die dunkler werdenden Straßen nach Hause, kam an anderen Wollläden mit Babysachen in den Schaufenstern vorbei, an Feinkostläden mit blassem Aufschnitt und der Plakatwand am Park, auf der Whist-Abende und Wohltätigkeitsbasare angekündigt wurden. Um die Eintönigkeit des Wegs zu lindern, tat ich so, als wäre ich eine Spionin auf fremdem Grund, eine Frau, die sich in einem Land, das auf einen Krieg zusteuerte, als eine andere ausgab. Bald schon würden die Waren aus den Schaufenstern verschwinden und Entbehrungen den Alltag bestimmen. Was meine Fantasie befeuerte, war die Eisenbrücke über den alten Kanal, der Vorkriegsschnitt meines Schul-Regenmantels und die Müdigkeit in den Gesich-

---

2 In diesem Gedicht geht es um die »oi«s und »oy«s, die ähnlich ausgesprochen werden.

tern der Pendler, die die Bahnhofsstufen herunterströmten und nach Hause in ihre Wohnzimmer eilten. Wenn ich mit der Liste, die meine Mutter mir mitgegeben hatte, noch kurz vor Ladenschluss in die Geschäfte lief, tat ich so, als erhielte ich Schwarzmarktwaren und dass meine Schultasche voller Nukleargeheimnisse wäre. Ich weiß nicht, warum ich diese Tagträume hatte, wobei es meiner völligen Verwandlung in eine Spionin keinerlei Abbruch tat, dass ich je nach Jahreszeit meinen Tennis- oder Hockeyschläger dabeihatte. Es war eine einsame Art Traum voller Ennui und Abneigung. Es sollte Hilfsangebote, schrittweise Programme für junge Leute geben, die es hassen, jung zu sein. Da ich auf das Erbarmen anderer Leute angewiesen war, kümmerte es mich nicht, was ich tat und ob ich zu Miss Webster ging oder was auch immer. Erst später sieht man die Jahre als verloren an. Hätte es eine Jugend sein sollen, wünschte ich heute, ich hätte sie vergeuden können.

Bald schon hatte ich zwei Hefte mit Schaubildern, Versen und Miss Websters sich reimenden Minenfeldern gefüllt. Das Meiste war umsonst. Wenn jemand aus dem Norden erst mit sieben anfängt, gibt es Tonfälle von Südengländern, die er niemals überzeugend wird nachmachen können. Ich habe »heimliche« Nordlichter kennengelernt, aber sie verraten sich, sobald sie das schwarze Zeug erwähnen müssen, das Kamine herunterrieselt – »*soot*« –, oder in einem Restaurant diesen Vogel – »*duck*« – bestellen, der früher für gewöhnlich mit Orangen garniert wurde. Miss Webster hatte einen Reim, der die Worte »*push*« und »*pull*« enthielt, und danach schnitt jemand in einer »*scullery*«, einer Spülküche, Brot und Butter. Ich kann mich nicht mehr an den ganzen Reim erinnern, weil er weniger interessant und erzählerisch war als der von Roy und Moira, aber ich weiß noch, dass es möglich war, von einer Silbe zur nächsten einen Nervenzusammenbruch zu erleiden. Das vornehmere Nordlicht sagt »*catting bread and batter*«. Warum macht er oder sie sich die Mühe? Sie werden niemals jemanden täuschen. Selbst wenn sie die Straße überqueren – »*crawse*« –, um ihre alte Mutter zu besuchen, ist ihr natürlicher Akzent mit dabei: »*They shall not parse.*«

Die Prüfungen, für die wir Standardtexte lernten, wurden in der Central Hall der Methodisten in Manchester abgehalten. Zu meiner Zeit gab es einen Prüfer und eine Prüferin, und man wusste beim Betreten des Prüfungsraums nie, wer es an dem Tag sein würde. Die Frau hatte eine mürrische Stimme, die mitten in den Sätzen abbrach, als wäre sie zu schockiert, um fortzufahren. Der Mann war siebzig oder vielleicht achtzig, oder neunzig, und er trug eine Uhrkette. Er hatte ein rötliches Gesicht, blickte starr vor sich hin, beugte sich manchmal auf seinem Stuhl vor und zitterte vor unterdrückter Energie, als sei er in seinem Leben größere Anstrengungen gewohnt gewesen und begreife nicht, was aus ihm geworden war. Er sah aus wie jemand, der miterlebt hatte, wie das Niveau immer weiter gesunken war, und es immer noch tat.

Die Art und Weise, wie die Übungsstücke rezitiert wurden, hatte nichts mit Miss Websters Unterricht zu tun. Es war etwas, das sich die Prüflinge untereinander erarbeiteten, mit der unsichtbaren Hilfe früherer Schülergenerationen. Während man darauf wartete, Miss Webster sein Stück Shakespeare vorzutragen, lauschte man einer anderen Schülerin einer höheren Stufe, und wenn da jemand kurzatmig war und an einer falschen Stelle Luft holte oder aus Unwissen oder Langeweile eine unsinnige Flexion vornahm, wurde das von den anderen als maßgeblich aufgenommen und blieb über Jahre bestimmend. Ich habe nie erlebt, dass Miss Webster eine Phrasierung vorgeschlagen hätte. Tatsächlich war es wohl so, denke ich, dass sie Shakespeare nicht verstand und die Rolle von Lady Macbeth auf eine Weise gelernt haben musste, die einem Malen nach Zahlen entsprach. Für die Auswahl der Texte war sie nicht verantwortlich, sie wurden vom Prüfungsrat festgelegt. Für eine Prüfung – Stufe VII, glaube ich – war gefordert, sowohl die Rolle von Oswald als auch von Goneril in König Lear zu sprechen, dabei die Position und auch den Tonfall zu wechseln und in beide Richtungen die entsprechenden Gesten einzusetzen.

Laut Miss Webster war beim Rezitieren Shakespeares nur eine Geste nötig oder sogar erlaubt. Es war eine volle Bewegung mit dem Arm, die Hand zum Publikum hin geöffnet, die drei äußeren Finger aneinandergelegt, den Daumen fast senkrecht erhoben, und der Zeigefinger halbierte den entstehenden Winkel. Alle Leidenschaft, alle Freude, aller Schrecken lasse sich auf diese eine Geste reduzieren. Sie reiche für Titus Andronicus, Charmion und Holzapfel. Ich muss zu langsam gewesen sein, vielleicht auch zu ungläubig, denn Miss Webster griff mit ihrer kalten, altersfleckigen Hand nach meinen Fingern und drückte sie in dieses theatralische V-Zeichen.

Kam ich in den Prüfungsraum, sagte ich meine Verse für gewöhnlich so auf, wie es mir gefiel, und meine Eigenheit muss den Prüfern in den Ohren wehgetan haben, denn auch wenn ich mich grundsätzlich gut machte, bekam ich doch nie die besten Noten, und mich beschlich das Gefühl, eine Heuchlerin zu sein. Ich war siebzehn, als ich das letzte Mal in die Central Hall ging, zu meiner Abschlussprüfung. Es war November, ein kalter und sehr nasser Morgen. Ich trug Stiefel und meinen Schul-Regenmantel, darunter den dunkelblauen Schulrock und die gestreifte Bluse, nahm mir im Bahnhof Piccadilly aber die Freiheit, in die Toilette zu gehen und mein Haar von den Gummis zu befreien, zu denen es nach den Regeln der Schule verdammt war. Ich bürstete es aus. Mein Haar war sehr lang, glatt und blass wie auch ich selbst, und das Bild, das ich bot, als ich mich vom Spiegel der British Rail abwandte, war ein bizarres. Als hätte die Lady of Shalott ihren Webstuhl verlassen und sich in eine Verkehrspolizistin verwandelt. Durch die Oldham Street drängten sich die triefenden Umrisse von Menschen, und die Central Hall, in deren Schutz ich hastete, roch nach Linoleum, Dettol und dünnen methodistischen Gebeten.

Miss Webster wartete bereits auf mich, nervös und ziemlich blau um die Lippen. Sie verzagte, als sie meine Stiefel sah. Ich sei nicht richtig angezogen, sagte sie, der Prüfer werde das nicht mögen, ich könne da mit diesen Stiefeln nicht hinein. Ich wusste nichts dazu zu sagen, löste meinen Schal und legte ihn über die Rückenlehne eines Stuhls. Die Prüflinge der verschiedenen Stufen saßen bei ihren Lehrern, scharrten mit den Füßen und verknoteten angstvoll die Hände ineinander. Die schriftliche Prüfung hatte ich bereits hinter mir, sie war sehr einfach gewesen. Könnte ich auf Strümpfen hineingehen?, fragte ich. Wäre das besser? In weißen Kugeln über uns brannte eine trübe Anstaltsbeleuchtung. Draußen platschten die Autos mit brennenden Scheinwerfern in Richtung Oldham Road und die verrußten Vororte vorbei. Auf dem Linoleum unter meinen Stiefeln hatten sich Pfützen gebildet. Ich trat mir die Stiefel von den Füßen und wurde um ein paar Zentimeter kleiner. Das gehe sicher nicht, sagte Miss Webster. Sie werde mir ihre Schuhe leihen.

Miss Websters Schuhe waren mir zweieinhalb Nummern zu groß. Es waren Pumps aus künstlichem Krokodilleder. Sie waren bösartig spitz und hatten neun Zentimeter hohe Pfennigabsätze. Es war, nehme ich an, das Schuhwerk einer Schauspielerin im Ruhestand, aber ich erfasste die Schmerzlichkeit des Moments nicht gleich. Ich schlüpfte in sie, wankte ein paar Schritte voran und hielt mich an den Stuhllehnen fest. Warum stimmte ich dem zu? Ich habe in jenen Jahren nie kurzfristig gedacht. Ich hatte mir angewöhnt, mich zu fügen, und glaubte, längerfristig alle wie Narren aussehen zu lassen.

Als ich aufgerufen wurde, torkelte ich in den Prüfungsraum. Es war der Mann. Weder er noch seine Kollegin hatten je versucht, einer Kandidatin die Befangenheit zu nehmen. Sie benahmen sich wie Fahrprüfer, stellten Fragen und gaben keinen Kommentar ab, nicht mal die einfachsten Höflichkeitsfloskeln, wobei der Mann einmal mit düsterer Stimme bemerkt hatte, dass ich lispele. An diesem Tag sah er gerötet aus, mit seinem gewohnt starren, angespannten Blick, und wirkte doch schwermütig, ganz so, als hasste er die Jugend.

Mein Text war ein Auszug aus *Heinrich VIII*, und es war ein Glück, dass ich nur eine Rolle zu sprechen hatte, denn wenn ich versucht hätte, die Position zu wechseln, wäre ich gestürzt. Ich ging wankend in Stellung und konnte mich selbst sehen, die an mir hängende Schuluniform, den Tintenfleck auf einer Manschette, mein weißes Kindergesicht und Miss Websters falsche Krokopumps. Ich hatte nicht geahnt, dass meine Vorstellung als Königin Katharina von den Waden abwärts so bemerkenswert sein würde. Es war die Passage, in der Katharina, kurz davor, zurückgewiesen zu werden, den Monarchen anfleht, sich an ihr gemeinsames Leben zu erinnern. In frühen Stadien meiner Proben hatte ich es nicht geschafft, ihre Rede zu beenden, ohne mich in Tränen aufzulösen, und ich musste mich mit purer Willenskraft davon abhalten. Der Mann würde die Verse hören wollen. Ich hatte mich bereits gegen die Geste entschieden. Falls mein Prüfer dachte, ich würde sie nicht kennen, musste er mich eben schlechter bewerten. Es gab bestimmte Sätze, die voller hochexplosiver Emotionen steckten, und die einzige Möglichkeit, es durch sie hindurchzuschaffen, bestand darin, die gesamte Rede über mit den Gedanken bei etwas anderem zu sein.

Noch bevor ich anfing, glitt der Blick des Prüfers an mir hinab und heftete sich fest auf meine Füße. »Der sehr beklagenswerten Frau, der Fremden, / In Eurem Reich nicht heimischen ...«, ich war irgendwie in den Schuhen nach vorne gerutscht, sodass meine Zehen schmerzvoll eingeklemmt wurden, »der hier / Kein Richter unparteilich ...«, ich versuchte, wieder ein wenig hochzukommen, »Ach, lieber Herr, wie trat ich euch zu nah?« Ich sprach leise, mit der Stimme einer mittelalten Frau aus fremdem Land, verwirrt und unter großer Spannung und Stress. Ich hielt die Hände ineinander gelegt, als ließe sich die Katstrophe so mindern. Jetzt schlingerte der Prüfer unversehens vor, die Schultern hochgezogen, und erhob sich halb von seinem Stuhl, um weiter unverwandt meine Füße anzustarren. Ohne es zu wollen, ein paar zusätzliche Zentimeter auf ihn zuschwankend, mühte ich mich voran ... »Wie gab ich solchen Anlass Eurem Zorn, / Dass Ihr sogar auf mein Verstoßen sinnt, / Mir jede Lieb und Gunst entzogt?«

»Das ist genug Shakespeare«, sagte der Prüfer.

Ich holte jedoch Luft und wollte von ihm wissen: »Welche Stunde / Erschien ich je mit Eurem Wunsch in Streit, / Und der nicht auch der meine ward?« Meine Fußknöchel schmerzten. Ich wusste nicht, wie irgendwer in diesen Schuhen gehen konnte. Es war, als ginge ich auf Stelzen. Und warum sollte so eine kleine Frau so derart lange, schmale Füße haben? »Denkt, o Herr, / Wie ich in solcher Folgsamkeit Eu'r Weib ...« Er hob den Blick und sah mich staunend an. Und dann plötzlich, als ich den Vers »An zwanzig Jahr gewesen und gesegnet« rezitierte, überwältigte mich das alles: der Inhalt der Rede, die falschen Krokopumps, das ganze Sprechenlernen. Ich brach lautstark in Tränen aus und stand eine lange Weile so da, wankte vor dem Prüfer hin und her und dachte sehnsüchtig an jene verlassenen Kinder, die von Wölfen gesäugt und großgezogen werden und ihr Leben lang stumm bleiben. Es war doch sicher nicht nötig, sich sein Leben mit Sprechen zu verdienen? Wäre es nicht möglich, den Mund geschlossen zu halten und vielleicht etwas aufzuschreiben, vielleicht etwas zu schreiben, was Miss Webster »*bucks*« – Bücher – nennen würde?

Ich fand ein Taschentuch im Ärmel meines Schulpullovers. Der Prüfer führte mich zu einem Stuhl. Er blätterte durch die Papiere vor sich, hielt den Blick sorgsam gesenkt, wie ich sehen konnte, und kämpfte gegen den Drang an, meine Schuhe anzustarren. Vielleicht würde er hinterher denken, das alles nur geträumt zu haben. Er stellte mir ein paar Fragen, aber nicht die, die ihm durch den Kopf gingen. Glaubte ich, wollte er wissen, dass die Fähigkeit, Versmaße zu analysieren, zum Verständnis englischer Dichtung beitrug? Ich schniefte und sagte, nicht im Geringsten.

Es war meine letzte Prüfung. Ich gab Miss Webster ihre Schuhe zurück, zog meine Stiefel an und lief, rotäugig, durch den Regen zurück zum Bahnhof. Ich wusste, dass eine Phase meines Lebens an ihr Ende kam und ich bald schon hier wegkonnte. Ein paar Wochen später bekam ich mein Abschlusszeugnis, auf reich verziertem, dickem Papier. Meine Rezitation hatte es mir verschafft. Jetzt hatte ich Buchstaben hinter meinem Namen.

Vor Kurzem war ich wieder zu Hause und bin an meiner Schule und Miss Websters Tür vorbeigefahren. Nichts hatte sich verändert, und doch war es anders. Der Wollladen war noch da und hatte Schals und Pudelmützen im Angebot. Auf dem Schild über der Tür steht aber nur noch Marjorie, das Schild neben der Tür ist verschwunden. Die Läden rundum sind heruntergekommen, die Fenster schmutzig, die Farbe pellt. Die ehedem ansehnlichen Gemeindegebäude auf der anderen Straßenseite wirken schäbig, die Mauern pockennarbig, als wären sie unter Beschuss geraten. Die kleine Stadt, die einmal so erfolgreich war, eitel und drall, hat ihren Wohlstand verloren, ist Teil des allgemeinen Verfalls des Nordwestens: und durch einen geheimnisvollen Prozess der abwärts gerichteten Nivellierung sind die Vokale noch breiter geworden, die Menschen verdrießlicher, und es ist gut möglich, denke ich, dass auch das Wetter noch kälter ist als früher. Moira würde da heute nicht mehr bleiben, um ihren Noilly Prat zu schlürfen. Der Ozean, der meine Kindheit von meiner Jugend trennte, ist ausgetrocknet: oder wenigstens sitzen wir alle im selben Boot. Es hat keinen Sinn, bitter zu sein. Über ein paar Jahre hin waren die Erwartungen aufgebläht, aber die Blase war geplatzt, das Leben der Menschen unbequem und unsicher, ihnen wurde die Zukunft genommen. All die Orte, an denen die Leute nicht richtig sprechen, sehen seltsam gleich aus. Wenn ich durch die ewig weiche, graue Regendecke fahre, kann ich mich in den Vororten Belfasts sehen. Ich bin froh, nicht dort in der Kinderstube meiner Vokale zu leben, die ich nie wirklich verloren habe. Aber ich kenne die Geste, und es ist überraschend, wie tröstend das von Zeit zu Zeit sein kann.

Hoch in den dritten Stock

Im Sommer meines achtzehnten Geburtstags nahm ich meinen ersten Job an, um die Zeit zwischen dem Ende der Schule und meinem Aufbruch an die Universität in London zu füllen. Im Jahr zuvor war ich bereits alt genug gewesen, um zu arbeiten, musste aber zu Hause bleiben und mich um die Kinder kümmern, während meine Mutter ihre glitzernde Karriere verfolgte.

Bis ich sechzehn war, hatte sie sich die meisten Jahre der Pflege eines kranken Kindes gewidmet. Erst, bis ich in die Grundschule kam, war ich das. Dann ging es mir durch einen Willensakt meiner Mutter mit einem Mal besser: Meine hohen Fieber hörten auf, oder hörten auf, bemerkt zu werden, und falls sie bemerkt wurden, hörten sie auf, interessant zu sein. Im System unseres Haushalts wurde mein um Luft kämpfender, nächtens hustender jüngster Bruder auserwählt, um meinen Platz einzunehmen. Während ich zumindest sporadisch zur Schule gegangen war, blieb er ganz zu Hause. Er spielte allein im Garten, unter einem zinnfarbenen Himmel, mit dem flüchtigen Glitzern von Schnee hinter sich, lag auf seinem Tagesbett im Zimmer mit dem plärrenden Fernseher und blätterte durch ein Buch. Eines

Abends sahen wir gerade die Nachrichten, als ein krankhaft weißes Licht das Zimmer erleuchtete, ein Kugelblitz die unteren Äste der Pappel abriss und die Scheibe aus dem Fensterrahmen blies, rums, die Faust Gottes. Die Scherben flogen über seine Häkeldecke, der Hund jaulte, der Regen fegte zwischen die Trümmer im Zimmer, und die Nachbarn schrien und plapperten auf der Straße.

Kurz darauf antwortete meine Mutter auf eine Stellenanzeige. Affleck & Brown, ein kleines, vollgepacktes, altmodisches Kaufhaus in Manchester, suchte eine Verkäuferin für seine Modeabteilung. Sie musste zu Fuß zum Bahnhof, den Zug nehmen und dann noch zur Oldham Street laufen. Für mich war das wie ein Wunder, weil ich gedacht hatte, sie hätte es aufgegeben, aus dem Haus zu gehen. Für ihre Arbeit brauchte sie weiße Blusen und schwarze Röcke und kaufte ein paar bei C&A, was mich ebenfalls erstaunte, denn allgemein bekamen wir unsere Kleidung durch weniger direkte Methoden als einen einfachen Kauf: Wir nutzten Prozesse wunderbarer Wandlung, bei denen Strickjacken aufgeribbelt wurden und sich zu Wollmützen zusammensetzten. Kragen wurden von Blusen getrennt, um Säume zu verlängern, und aus den Armlöchern der Frlligen wurden Beinöffnungen für die Schlanken. Als ich sieben war, bekam ich Wintermäntel, die aus zweien meiner Patentante gemacht waren. Taschen, Aufschläge, alles wurde verkleinert: nur die Knöpfe nicht, die blieben, wie sie waren, und saßen wie Präsentierteller oder Zielscheiben fürs Bogenschießen auf meiner Hühnerbrust.

Meine Mutter war zu einer Zeit in die Schule gegangen, als die meisten dort keine Prüfungen ablegten, und sie hatte nicht viel in ihre Bewerbung zu schreiben. Aber sie bekam den Job, und bald schon wurden die Leute, die sie eingestellt hatten, von einer Reihe persönlicher Katastrophen ereilt.

Als sie aus dem Weg waren, wurde meine Mutter zunächst zur stellvertretenden und dann zur tatsächlichen Leiterin der Abteilung ernannt. Ihr Haar mutierte zu einer weißblonden Baiser-Wolke, und ihre Schuhe wuchsen in die Höhe – es waren nicht nur die Absätze, sondern auch kleine Erhöhungen der Sohlen. Sie entwickelte eine lockere Art zu reden und zu gestikulieren und begann ihre Mitarbeiter dazu zu animieren, sich für jünger auszugeben, was nahezulegen schien, dass auch sie es tat. Sie kam meist spät und unverträglich gestimmt nach Hause und brachte Unerwartetes in ihrer Krokotasche mit. Es konnten geriffelte Pommes sein, die nach Fett und Luft schmeckten, oder tiefgefrorene Beefburger, die ölig und graugelb wie Manchester-Smog im Grill blubberten. Nach einer Weile wurde die Fritteuse aus der Küche verbannt, wegen der Fettspritzer und um den sozialen Aufstieg zu manifestieren, doch da wohnte ich schon ein Stück die Straße hinauf mit meiner Freundin Anne Terese zusammen, und was die anderen zu essen bekamen, war etwas, worüber ich lieber nicht nachdachte.

Ich war mit siebzehn so wenig auf das Leben vorbereitet, als hätte ich meine Kindheit als Ziegenhirtin in den Bergen verbracht. Ich neigte zur Naturbetrachtung und durchstreifte Feld und Wald, fuhr in die Bibliothek von Stockport und lieh gleich sieben dicke Bücher über lateinamerikanische Revolutionen aus, wartete eine Stunde im Regen auf den Bus nach Hause, schob die Tasche mit den Büchern vor meinen Füßen hin und her, hob sie zwischendurch in Erwartung eines Busses auf und wiegte sie in meinen Armen. Ich genoss die angeschmutzten Seitenränder und freute mich darauf, dringende Anmerkungen von Kleinstadtfanatikern darauf zu finden: »NICHT Guatemala!!!!«, womöglich mit dem gezackten Holzrand eines heruntergespitzten Grafitstummels ins Papier geritzt. Bei uns zu Hause gab es auch keinen Anspitzer. Wer einen spitzen Stift wollte, ging damit zu meiner Mutter, und die schnitt ihn mit dem Brotmesser zu.

Es lag nicht an meiner Erziehung, dass ich so weltfremd war, die meisten meiner Altersgenossinnen waren ganz normal für die Zeit, den Ort und ihre Klasse. Aber sie schienen aus einer dichteren, üppigeren Substanz gemacht als ich. Man konnte sie sich als Frauen mit Polstermöbeln und Trockenschränken vorstellen. Ich hatte Luft zwischen meinen Knochen, Rauch zwischen den Rippen. Die Bürgersteige taten meinen Füßen weh. Salz fand die Schwären in meiner Zunge. Ich neigte zu grundlosem, fürchterlichem Erbrechen. Mir war kalt, wenn ich aufwachte, und ich dachte, es würde immer so bleiben. Und so nahm ich später, als ich vierundzwanzig war und mir angeboten wurde, in die Tropen zu gehen, die Chance wahr, weil ich dachte, jetzt, jetzt wird mir endlich nie wieder kalt sein.

Mein Ferienjob war mir schon vor dem Einstellungsgespräch sicher, denn wer bei Affleck & Brown hätte die Tochter meiner allseits beliebten Mutter abgelehnt? Es war eine Formalität: Der milde Personalleiter in seinem gelbbraunen Anzug saß in einem Hinterzimmer, das so braun war, dass ich dachte, die Farbe noch nie gesehen zu haben. In jeder Schattierung von Tabakspucke bis Gelbsucht und jeder Konsistenz von Bakelit bis Resopal kam sie vor. Hier trat ich ein, frisch wie die 1970er in meinem kleinen Baumwollkleid, und wurde zurück in die 50er geworfen, in die braune Welt von Sozialversicherungskarten und vergilbten Bekanntmachungen der Lohnbehörde, die von der unruhigen Wand pellten. Hier wurde mir Glück gewünscht, und ich ging hinaus auf den Teppich, hinaus in die öffentliche Welt. »Er zieht an deinen Füßen, dieser Teppich«, sagte eine Stimme von den Kleiderständern her.

Sie kam aus einem bebenden weißen Gesicht mit wabbelnden Hängebacken, der Körper fest eingeschnürt in ein Kleid aus straffem, schwarzem Polyester, zu einer Form wie eine dickbauchige Blumenvase, die Haut mit dem trüben Schimmer zwei Tage alten Nelkenwassers. Riechende Achseln, ein rasselnder Husten. Das waren meine Kolleginnen. Das Leben im Kaufhaus hatte sie zerstört. Durch den Staub litten sie unter chronisch tropfenden Nasen, die schmuddeligen Toiletten sorgten für Blasenentzündungen. Krampfadern drückten sich durch die elastischen Strümpfe. Sie lebten von fünfzehn Pfund die Woche und bekamen keine Provision, und so verkauften sie nichts, wenn es sich vermeiden ließ. Ihre schniefende Bosheit trieb die Kunden zurück auf die Rolltreppen und hinunter auf die Straße.

Der Personalleiter schickte mich in die Abteilung neben meiner Mutter. So konnte ich sie in Aktion sehen: wie sie dahinschwebte, in was immer für Kreationen sie gerade tragen mochte. Sie kleidete sich in Dinge aus dem eigenen Fundus, hatte ihre düstere Uniform abgelegt und eine huldvolle, um nicht zu sagen herablassende Art entwickelt, verbunden mit einer leicht hochnäsigen Koketterie, die sie an den welkenden Schwulen, den so gut wie einzigen Männern im Kaufhaus, ausprobierte. Ihre Mitarbeiter – ihre Mädchen, wie sie sagte – mochten sie ihrer Attraktivität und ihrer Aufgekratztheit wegen.

Ihre Mädchen schienen nicht ganz so hinfällig wie die Frauen in meiner Abteilung, obwohl ich bald schon sah, dass auch sie unter einer Reihe hartnäckiger persönlicher Probleme litten, was für meine Mutter wie Speis und Trank war und ersetzte, worauf sie selbst weitgehend zu verzichten hatte, bestand ihre Aufgabe im Leben jetzt unter anderem darin, allen Frauen ein Vorbild zu sein, ihre Größe 36 zu halten und so zu tun, als wäre es eine 34. Die Mädchen wurden geschieden, litten unter Vitaminmangel, prämenstrueller Anspannung, hatten üble Schulden und Kinder mit Epilepsie und Missbildungen. Ihren Häusern drohten Untergang und Zusammenbruch, Hochwasser und Schimmel, und sie schienen auf veraltete Krankheiten wie Pocken und Scrapie spezialisiert, von denen in jenen Tagen nur einige morbid gestimmte Leute wie ich überhaupt gehört hatten. Je schlechter es ihnen ging, je chaotischer und ausweglos er sich ihr Leben darstellte, desto heftiger schwärmte meine Mutter von ihnen. Selbst heute noch, dreißig Jahre später, halten einige von ihnen den Kontakt mit ihr aufrecht. »Mrs D hat angerufen«, sagt sie dann. »Die IRA hat ihr Haus erneut bombardiert, und ihre Tochter ist von einer Flutwelle weggeschwemmt worden, aber sie wollte, dass ich dich lieb grüße.« Zu Weihnachten oder anlässlich ihrer falschen Geburtstage kauften diese Mädchen meiner Mutter farbige Glasornamente oder Beigaben eines guten Lebens wie einen Sodasiphon. Es waren Stadtfrauen mit tonlosen Manchester-Stimmen, und meine Mutter und die anderen Abteilungsleiterinnen schoben beim Sprechen auf eine sonderbare Weise die Lippen vor, um ihre Vokale zu verbergen.

Ich war nicht direkt beim Kaufhaus selbst angestellt, sondern bei einem »Shop-im-Shop« namens English Lady. Die Frauen bedienten eher ältere Kundinnen, auf die das Angebot zugeschnitten war: Kleid-Mantel-Ensembles, die ich Hochzeitsuniformen nannte, Sommerkleider und Kombinationen in künstlichen Materialien und in Pastellfarben, waschbar und leicht zu bügeln. In jenen Tagen gingen die Leute im April ihre Sommergarderobe kaufen, Mäntel aus rosafarbenem, regendichtem Popeline oder einem leichten Wollstoff mit angedeutetem Karo. Sie kauften Blazer, Boleros und Blusen, Hosenanzüge mit langen Kittel-Tops, und darunter trugen sie Strümpfe mit Strumpfhaltern, die sich durch das Polyester drückten. Im Winter spezialisierte sich English Lady auf Kamelhaarmäntel, die von ihren Trägerinnen pflichtbewusst alle paar Jahre erneuert wurden, wobei sie genau den gleichen Stil erwarteten und bekamen. Es gab auch – die Wintersachen kamen lange, bevor ich nach London aufbrach – Mäntel, die »Lamas« genannt wurden, ungesund silbergrau und zottig, wie auf links gedrehte Büßerhemden, aber Büßerhemden mit Taschen. Für den Herbst gab es raue Tweedstoffe und klobige, stinkende Schaffellmäntel, die wir an die Ständer ketteten, weil sich English Lady um ihre Sicherheit sorgte. Sie zu hüten, war ziemlich anstrengend: Wenn sie berührt wurden, keuchten sie, kämpften um Lebensraum, bliesen sich auf und testeten ihre Fesseln Zentimeter um Zentimeter.

Es gab nicht viele Kundinnen in dem Sommer. Wenn das morgendliche Staubwischen getan war und wir uns auf den neuesten Krampfaderstand gebracht hatten, galt es, sich durch eine wahre Zeitwüste zu kämpfen: Es waren Tage betäubender Hitze, voller Durst und Langeweile, ohne Luft, ohne natürliches Licht, nur mit einem trüben Neonleuchten, das auch noch der frischesten Haut eine Leichenblässe verlieh. Manchmal, während ich dort stand, dachte ich voller Wut an die Französische Revolution, die mich seit einiger Zeit gänzlich in Anspruch nahm. Manchmal stöckelte Mutter über den Teppich, wackelte mit den Fingern in meine Richtung und lächelte ihren Mitarbeiterinnen zu.

Meine Chefin hieß Daphne. Sie trug eine große runde modische Brille mit farbigem Rahmen, hinter der leere blasse Augen schwammen. Theoretisch waren sie und meine Mutter befreundet, aber ich erkannte bald schon mit einem Gefühl des Schreckens, dass meine Mutter unter ihren Kolleginnen Neid hervorrief und sicher insgeheim bekämpft worden wäre, wären die anderen Chefinnen denn findig genug gewesen, um zu wissen, wie. Daphne hielt mich während jener Sommermonate unablässig auf Trab und fand Dinge, um die sich seit Jahren niemand mehr gekümmert hatte: Ich musste die von Mäusen heimgesuchten, völlig verstaubten Lagerräume säubern und große Lieferungen Drahtkleiderbügel, die aus ihren Bündeln sprangen und wie Ratten an meinen Armen kratzten, in Kisten packen. Der Nordwesten war in jenen Tagen schmutzig, und die Hinterzimmer von Affleck & Brown waren ein dunkler, geheimer Teil dieses Schmutzes. Die an den Füßen zerrenden Teppiche, die dicken Plastikfolien, in die verpackt die Kleider kamen, das vernachlässigte Gewebe der Kleidungsstücke, die nicht verkauft und in fernen Lagerräumen bastilliert wurden: All das sammelte Flocken klebrigen Staubs um sich und zog wie ein Magnet Partikel aus der Stadtluft an, die meine Hände bedeckten und mein Gesicht verschmierten, sodass ich oft weniger wie eine »Verkaufshilfe«, sondern eher wie die Brecherin eines Grubenstreiks ausgesehen haben muss, wenn ich mit argwöhnisch wanderndem Blick wieder auftauchte, die Hände gleichzeitig beschwichtigend und abwehrend kontaminiert vom Körper weghaltend.

Manchmal konnte ich hinter einem vollgepackten, in vergilbenden Baumwollstoff gehüllten Kleiderständer oder einem Stapel Kisten, deren Beschriftung bis zur Unkenntlichkeit verblichen war, eine Bewegung spüren, eine Art Scharren von Füßen und ein Murmeln. »Mrs Solomons?«, rief ich. »Mrs Segal?« Keine Antwort: nur das wispernde Ausatmen von Kammgarn und Mohair, das tiefe Gedärmknarzen von Rau- und Glattleder, das schwache Quietschen ungeölter Zahnräder. Vielleicht war es Daphne, die mir nachschnüffelte? Manchmal um halb sechs, wenn die Umkleidekabinen aufgeräumt werden mussten, stieß ich am Ende der Reihe auf einen zugezogenen Vorhang und wandte mich ab, ohne ihn zu öffnen, von der plötzlichen Scham oder Angst befallen, etwas zu sehen, was ich nicht sehen sollte. Man kann sich leicht vorstellen, dass der herunterhängende Stoff von Fleisch ausgefüllt wird oder dass Naht und Saum nach Stunden eine menschliche Form ohne Knochen darstellen.

Meine Kolleginnen, die mich mit ihrem Atem in das schwache Minzearoma ihrer Verdauungstabletten hüllten, hatten mich mit grenzenloser Freundlichkeit willkommen geheißen. Meine Blässe erntete ihre spöttelnde Billigung und brachte sie dazu, mir das rote Fleisch zu empfehlen, das nie über ihre eigenen Lippen kam. Vielleicht beunruhigte sie meine Distanz, wie ich gebannt zwischen den knopflosen Jacken stand, doch dann plötzlich ganz da war und etwas verkaufte, was sie ebenfalls beunruhigte. Mir gefiel die Herausforderung, den Frauen ihre Wünsche zu erfüllen, das Passende für sie zu finden und ihr harmloses Verlangen zu befriedigen. Es gefiel mir, die Preisschildchen von den Sachen zu entfernen, wenn sie verkauft wurden, und die Tragetüte fürsorglich an ein arthritisches Handgelenk zu hängen. Manchmal versuchten die älteren Kundinnen mir ein Trinkgeld zu geben, was mich verunsicherte. »Ich komme nicht mehr oft«, sagte eine gebeugte, freundliche alte Dame. »Aber wenn ich komme, gebe ich immer etwas.«

Nach der Arbeit liefen meine Mutter und ich mit schmerzenden Füßen Arm in Arm zum Bahnhof Piccadilly, von der Market Street den Berg hinauf, vorbei an überhitzten, in Fett schmorenden Cafés und dem NHS-Krankenhaus, an dem Schilder hingen, auf denen die Leute aufgefordert wurden, Blut zu spenden. (Kaum, dass ich achtzehn war, ging ich hinein, aber sie schickten mich gleich wieder hinaus.) Mir kam es so vor, dass ich meinen Lebensunterhalt am Ende damit verdiente, aufrecht dazustehen, und ich dachte, dass das niemand müssen sollte: Stunde um Stunde dastehen, dastehen, wenn keine Kundin zu sehen war, von neun Uhr morgens bis halb sechs Uhr abends in der stickigen Hitze dastehen, mit einer Stunde Mittagspause, in der du aus dem Gebäude flohst und nach Luft schnappend spazieren gingst. Lange, nachdem die Füße zu pochen begonnen hatten und die Waden schmerzten, standest du noch da, und am nächsten Morgen, wenn es mit dem Stehen wieder losging, war der Schmerz längst nicht verschwunden. Vielleicht ging es meiner Mutter besser, denn sie hatte in einer winzigen Ecke ein Büro, wo sie sitzen konnte, einen Stuhl, um darauf zu hocken. Aber dann waren da ihre Schuhe, die weit bösartiger waren als meine kleinen Wildledersandalen. Ihre ganze Existenz trug sich weit höher zu.

An manchen Abenden, vielleicht zweimal in der Woche, gab es Probleme mit dem Zug. Einmal kam er eine Stunde verspätet. Der Hunger beschwingte uns, und wir redeten unbekümmert über die Katastrophen, die die Mädchen an dem Tag heimgesucht hatten. Wir knabberten an einem grünen Apfel, den meine Mutter aus ihrer Tasche geholt hatte, reichten ihn hin und her. Wir waren weder wütend, noch fühlten wir uns schuldig, uns zu verspäten, schließlich konnten wir nichts daran ändern, arglos und unbeschwert fühlten wir uns, bis wir in der Diele unseres kleinen Hauses von meinem Stiefvater gestoppt und angefaucht wurden. Unser Gekichere endete: Was mir oft schon gnadenlos vorkam, ist die Kante der menschlichen Hand, angespannt, einem Keil gleich, bereit, wie eine Axt zuzuschlagen. Etwas passierte. Ich weiß nicht genau, was es war. Es stimmt nicht, dass große Wut einem Kraft gibt. Wenn man sehr wütend ist, schwimmt einem der Kopf, die Gelenke an Armen und Beinen scheinen schwach, aber man tut es trotzdem, etwas, das man nie zuvor getan hat. Man spricht ihn aus, den Fluch, drückt sein Gegenüber gegen die Wand, macht einer Todesformel Luft und meint, was man sagt. Die Wirkung entspricht dem Schreck, als wären die Sanftmütigen aus der Bergpredigt entwichen und beharkten die Kreuzung mit Maschinengewehrfeuer.

Danach verließ ich mein Zuhause für eine Weile. Meine Mutter und ich trennten uns jeden Abend am Ende unserer Straße. Sie war eher traurig als wütend, aber manchmal dann doch wütend. Heute begreife ich, dass mein Eingreifen irgendein Ehespiel von ihr unterbrochen hatte. Wenn das Ende unserer gemeinsamen Tagesreise nahte, hörte sie auf, von ihren Mädchen zu reden, bewegte sich – widerstrebend, wie ich oft den Eindruck hatte – auf ein fernes, mürrisches Terrain und brachte gezielt Distanz zwischen uns. Ich mühte mich den Berg hinauf zu Anne Terese, zu der ich gezogen war. Sie wohnte allein im Haus der Familie. Ihre Eltern hatten sich im Sommer getrennt und wohl nicht gewusst, wie sie damit umgehen sollten. Jedenfalls war nicht einer ausgezogen und einer geblieben, sondern beide hatten ihre Sachen gepackt. Wir verglichen unsere Familien nicht oft. Wir probierten die Kleider aus den Schränken an und stellten die Möbel um. Das Haus war merkwürdig, ein Fertighaus, unvollständig, aber gemütlich, mit einem Herd im Wohnzimmer, einer tiefen Emaillespüle und ohne all die Geräte, die man im Jahr 1970 für selbstverständlich hielt.

Anne Terese arbeitete den Sommer über in einer Fabrik, die Hausschuhe mit Gummisohlen herstellte. Die Arbeit war hart, aber ihr Körper auch, jeder einzelne Teil davon, hart und leistungsfähig. Am Abend, wenn ich mich müde auf einen Küchenstuhl sinken ließ, panierte sie Koteletts und schnitt Tomaten und Gurken auf einem Glasteller auf. Sie backte einen polnischen Kuchen mit reichlich Eiern und reifen Kirschen. Als es dämmerte, setzten wir uns in den schwach heranwehenden Duft alter Rosen auf der Veranda. Hoffnung fein wie Spinnennetze legte sich auf unsere nackten Arme und trieb über unsere Schultern, jeder einzelne Faden zitternd im dämmerigen Blau. Als der Mond aufging, zogen wir uns, immer noch schläfrig murmelnd, in unsere Betten zurück. Anne dachte, sechs Kinder wären für sie gerade richtig. Ich dachte, es wäre gut, wenn ich aufhören könnte, mich zu übergeben.

Wenn ich durch den Verkaufsbereich von English Lady ging, tat ich manchmal so, als wäre ich die Aufseherin in einem Flüchtlingslager und die Kleider wären die Insassen. Wenn ich eines einpackte und das Schildchen in eine Schachtel warf, sagte ich mir, dass ich eine neue Heimat dafür gefunden habe.

Jeder Tag begann und endete mit einer Inventur. Man nahm ein Blatt Papier und unterteilte es mit einem Lineal in Spalten für die verschiedenen Warengruppen, damit man die Zweiteiler nicht mit Kleidern & Jacken vertauschte, obwohl auch das jeweils zwei Teile waren. Man musste Kategorien für Kleidungsstücke finden, die keinen Namen hatten, wie die geschlitzten Stücke, die vor einigen Saisons von der Direktion geschickt worden waren und aus einem haarigen graublauen Tweed geschneidert waren. Vielleicht waren es eine Art Fluganzüge, wie Biggles Kinderfrau sie tragen würde. Wenn die Zeit des Ausverkaufs nahte, setzte Daphne sie jedes Mal neu herunter, doch sie blieben an den Ständern hängen, die steifen Ärmel hervorragend, die Hosenbeine im Ausschnitt steckend, damit sie nicht auf den Teppich herunterhingen.

Wenn man seine Kategorien eingeteilt hatte, ging man an den Ständern vorbei und zählte, was da hing, und es ging nie auf. Worauf man auf der ganzen Etage nach English Ladies suchte, die sich zwischen den Eastex oder Windsmoor finden mochten, sie beim Kragen packte und zurück an ihren Platz schaffte. Aber so verständlich es war, dass sie am Ende eines Arbeitstages anderswo gelandet waren, so schwer ließ es sich begreifen, wenn sie über Nacht den Platz gewechselt hatten. »Geister«, sagte ich mit fester Stimme. Ich dachte, sie müssten aus der Bettwäscheabteilung im dritten Stock herunterkommen (in Laken gehüllte Tote), unsere Kleider anprobieren und vor geisterhafter Aufregung zischend mit Phantomarmen und -beinen in Ärmel und Röcke fahren.

So verbrachte ich den Sommer, redete mit Landstreichern in den Piccadilly Gardens, kaufte mittags an den Obstständen Erdbeeren und kühlte mir die Stirn am Bronzegitter des Warenaufzugs. Wenn Daphne mich für meine Fehler tadelte, seufzte ich und gelobte Besserung, trat dann aber später insgeheim gegen die Fluganzüge und quälte sie, indem ich ihnen die Beine fest um die Halsausschnitte wickelte und hinter den Bügeln verknotete. Daphne selbst gegenüber war ich das Wohlverhalten in Person. Ich wollte nicht, dass meine Mutter noch mehr beißenden Frauenhass auf sich zog, der auch noch, wenn ich längst wieder weg war und durch Londons Straßen wanderte, unsichtbar um ihre schlanken Fesseln fauchen und nach ihren hohen Absätzen schnappen würde.

Aber als der September kam, stellte ich fest, dass mich die Zählerei unruhig machte. Allabendlich kamen wir nur mit den Bestandslisten in Einklang, indem wir ans Ende der Kleider-&-Jacken-Spalte »15 hinten« schrieben, wobei mir klar wurde, dass ich bei all meinem Räumen und Suchen nie auf diese Stücke gestoßen war. »Wissen Sie«, sagte ich zu Daphne, »wenn wir ›15 hinten‹ aufschreiben, wo sind diese Sachen?«

»Hinten«, sagte Daphne. Wir waren in ihrem Büro, einem winzigen vom Verkaufsraum abgetrennten Winkel.

»Aber wo?«, sagte ich. »Ich habe sie nie gesehen.«

Daphne steckte sich eine Zigarette in den Mund. Mit einer Hand blätterte sie in der Liste vor sich, in der anderen hielt sie einen tropfenden Kugelschreiber. »Rauchst du noch nicht?«, sagte sie. »Bist du nicht versucht?«

Ich hatte mich schon ein-, zweimal gewundert, warum Leute versuchten, mich zu neuen Lastern zu verleiten. Wir waren zu Hause militante Nichtraucher. »Ich habe noch nicht wirklich darüber nachgedacht ... Ich bin nicht ... Nun, unsere Eltern rauchen nicht ... Zu Hause könnte ich es sowieso nicht, es wäre sehr schlecht für meinen Bruder.«

Daphne starrte mich an. Ein leiser Ton drang aus ihr hervor, wie ein Schluckauf, dann ein spöttisches Lachen. »Was? Deine Mutter raucht wie ein Schlot! In jeder Pause! Jeden Mittag! Hast du das noch nie gesehen? Das musst du doch gesehen haben!«

»Nein«, sagte ich. »Das habe ich nicht.« Ich fühlte mich wie eine Idiotin.

Ein Klümpchen Tinte tropfte von Daphnes Kugelschreiber. »Habe ich etwas Falsches gesagt?«

»Nein, ist schon gut«, antwortete ich.

Ich sagte mir, dass ich Informationen guthieß, egal aus welcher Quelle.

Daphne sah mich mit glasigen Augen an. »Überhaupt«, sagte sie, »warum sollte es schlecht für deinen Bruder sein?«

Ich sah auf meine Uhr. »Mrs Segals Mittagszeit.« Ich lächelte und ging zurück in den Verkaufsbereich. Ich sagte mir, es macht nichts. Kleine Alltagslügen. Pragmatische Lügen. Wahrscheinlich lachen wir irgendwann darüber. So banal wie eine unter der Haut abgebrochene Nadelspitze.

Aber später am Nachmittag suchte ich nach den »15 hinten«. Ich wühlte mich durch lichtlose Löcher, stieß mit den Zehen gegen aufgedunsene, verrottete Kartons mir unbekannter Herkunft. Die, die ich selbst gepackt und verschnürt hatte, waren von Daphne nicht weggeschickt worden, sondern kauerten auf wankenden Stapeln. Die Drahtkleiderbügel drängten heraus und schnappten nach meinen Waden. Ich hebelte die sperrigen Wintersachen zur Seite, trat die Lamas aus dem Weg und grub mich bis in die letzte Ecke. Her mit der Hacke und her mit dem Brecheisen.

Nichts. Ich benannte alle Kleidungsstücke, die ich sah, und wühlte durch ihre Wanten: Nahm sie beim Kragen, um die Schildchen zu entziffern, und konnte ich sie nicht anheben, riss ich die Plastikhalskrausen auf. Ich fand Etiketten und Stücke, die zu Kleider & Jacken gehören konnten, aber keine mit der Bezeichnung, die ich suchte. Die »15« waren nirgends zu finden. Ich kämpfte mich zurück an die Luft, sah nicht wieder zurück. Ich kritzelte auf meinen Block: Null, Nichts, Zero. Nullinger, wie die Männer sagten. Kleider & Jacken, Fehlanzeige. Hatte man je an ihre Existenz geglaubt, jetzt gab es sie nicht mehr. Ich sah, wie es war: Sie mussten heraufbeschworen worden sein, die »15«, um eine mächtige Peinlichkeit zu verdecken, irgendeine fürchterliche Nachlässigkeit oder einen Diebstahl, der die stotternde Zählung in die Knie gezwungen hatte. Sie waren eine Fiktion, vielleicht eine uralte, vielleicht älter noch als Daphne. Eine Korrektur der Wirklichkeit, eine von einem Idioten erzählte Geschichte: der ich ein oder zwei Sätze hinzugefügt hatte.

Ich kam zurück in den Verkaufsbereich. Es war drei Uhr. Einer jener toten Nachmittage, erwartbar, einschläfernd: keine Kundin in Sicht. Die Kleider hingen durch Mangel an Beachtung schlaff wie Lumpen an den Bügeln. Ein großer Spiegel zeigte Schmutz in meinem Gesicht. Meine Sandalen waren mit giftigem Dreck überzogen. Ich humpelte zu dem abgewetzten Schreibpult, in dem wir unsere Buchungsbelege und Ersatzknöpfe aufbewahrten, und holte ein Staubtuch aus der Schublade. Ich rollte es auf, säuberte mich damit, ging zurück zu den Ständern und wischte Staub zwischen den Kleidungsstücken, schob die Bügel auseinander und polierte die stählernen Stangen. Irgendwie verging der Nachmittag. Abends lehnte ich es ab, ans Ende der Zählung »15 hinten« zu schreiben: bis meine Kolleginnen sich aufregten, dass es nicht mehr zu ertragen war, und eine nahezu hyperventilierte. So stimmte ich denn schließlich zu, es hinzuschreiben, tat es aber sehr undeutlich mit Bleistift und einem Fragezeichen, das noch undeutlicher war.

Als das neue Schuljahr begann, stellte sich heraus, dass mit meinem Bruder wieder alles in Ordnung war. Er war jetzt elf und durchaus in der Lage, zur weiterführenden Schule zu gehen. Wir registrierten diesen überraschenden Umstand, aber niemand war wirklich so froh darüber, wie er es hätte sein sollen. Innerhalb der nächsten Monate wurde meine Mutter von Regenmantel-Lieferanten und Strickwaren-Anbietern abgeworben. Fortan konnte sie sich ihre Stellen aussuchen und wechselte in größere Geschäfte, wurde von Jahr zu Jahr blonder, stieg wie eine Champagnerblase auf, verantwortete mehr und mehr Mädchen und höhere Bestände und zog immer noch größere Feindseligkeit und Bosheit auf sich. Zu Hause improvisierte sie weiter wie zuvor, putzte das Bad mit Waschpulver für die Maschine, und als die kaputtging, warf sie eine Tischdecke darüber und benutzte sie als eine Art Sideboard, während sie meinen Geschwistern beibrachte, in den Waschsalon zu gehen.

Jahre später schloss Affleck seine Pforten, und die Gegend rundum verwahrloste. Sie wurde von Pornoläden und Händlern übernommen, die Plastikwäschekörbe, unsichere Heizstrahler und Weihnachtsklimbim wie hüpfende Mince Pies und pfeifende Seraphim verkauften. Das Gebäude selbst wurde von einem High-Street-Modeladen angemietet, der kurz in der zerfallenden Hülle Geschäfte machte. Ich war natürlich schon lange nicht mehr da, aber ich hatte weiter Freundinnen im Norden, und unter meinen Bekannten gab es eine Wochenendaushilfe, die für die neuen Mieter arbeitete. Sie nutzten nur die unteren Etagen, und das Haus wurde vom zweiten Stock aufwärts unzugänglich gemacht. Die Brandschutztüren wurden verschlossen, die Rolltreppen entfernt, und das Treppenhaus hinten endete an einer türlosen Mauer. Aber die Mitarbeiter, sagte meine Bekannte, hörten verstörende Geräusche aus der eingemauerten Leere über ihren Köpfen: Schritte und das Schreien einer Frau.

Mir lief ein Schauer über den Rücken, und mein Magen drohte zu rebellieren, weil ich wusste, es war eine echte Geistergeschichte, so wahr, wie diese Dinge nun mal sind. Da kam kein duseliger Kobold von oben herunter, riss Knöpfe von Kleidern, trug sie weg und mischte sie unter die von Jaeger. Es war etwas Verdorbeneres, Schwereres, absolut Unheilvolles und Perverses. Aber mir wurde das erst im Nachhinein bewusst. Als ich im Alter von, sagen wir, dreiundzwanzig auf die Zeit, in der ich achtzehn war, zurückblickte und begriff, dass in jenen Jahren alles viel schlimmer gewesen war, als ich gedacht hatte.

Ein reiner Tisch

Etwa um elf Uhr heute Morgen, nachdem die Schwestern sie »fertig gemacht« hatten, wie sie es nannten, und sie sich die Augen geschminkt hatte, setzte ich mich zu meiner Mutter ans Bett und überredete sie dazu, einen Familienstammbaum mit mir zu zeichnen. In Anbetracht dessen, wie selbstbezogen sie ist, ging es überraschend gut. Am liebsten hätte sie mitten auf die Seite »VERONICA« geschrieben und sämtliche Linien von sich ausgehen lassen. Aber auch, wenn sie denkt, das wäre ein genaues Abbild der Welt, versteht sie doch, wie diese Dinge angelegt werden. Sie hat die Stammbäume der Könige und Königinnen Englands gesehen, mit ihren verfälschten Porträts, die briefmarkengroß und in Buntglasfarben neben ihren Namen leuchten, ihr flachsfarbenes Haar, ihre plumpen mittelalterlichen Kronen mit Edelsteinen wie abgelutschte Bonbons.

Die hat sie gesehen, in den Büchern, die sie zu lesen vorgibt, und so versteht sie, dass wir einen solchen Baum auch für uns, die arme, verflixte Infanterie, anlegen können.

Die Bilder neben den Namen werden ebenso unecht sein. Eine Frau hat mir einmal erzählt, dass es zum Ende des letzten Jahrhunderts keine Familie gab, die so arm war, dass sie sich nicht hätte fotografieren lassen. Das mag ja so sein. Aber dann hat jemand unsere verbrannt.

Ich habe die Sache angefangen, weil ich etwas über meine Vorfahren herausfinden wollte, die im versunkenen Dorf gelebt haben. Ich dachte, vielleicht läge da ein Grund für meine Angst vor Wasser – einer, mit dem ich den Leuten, die mir raten, Schwimmen sei ein gutes Training für einen Menschen meines Alters, ein schlechtes Gewissen bereiten könnte. Zum anderen dachte ich, es könnte ein Thema sein, aus dem sich auch finanziell Kapital schlagen ließ. Ich könnte nach Dunwich fahren, dachte ich, und über ein Dorf schreiben, das ins Meer gerutscht ist. Oder nach Norfolk, um mit den Leuten zu reden, die Darlehen für Häuser am Rande der Kliffs aufgenommen haben. Ich könnte ein Feature für die Sonntagspresse schreiben. Sie könnten einen Fotografen schicken und wir am Rand des Kliffs in Overstrand entlangbalancieren, nur mit einem rostigen Draht zwischen uns und dem unendlichen blauen Licht.

Aber Veronica war nicht an den Versunkenen interessiert. Sie zupfte an den Schleifen auf ihrem übrigens immer noch festen Busen und lehnte sich gereizt in die Kissen. Die Adern an ihren Händen traten hervor, als trüge sie Saphire unter der Haut. Sie hörte kaum auf meine Fragen und sagte auf eine beleidigte Art: »Ich kann dir wirklich nicht viel über all das erzählen, fürchte ich.«

Die Leute aus dem versunkenen Dorf gehörten zur Familie ihres Vaters und waren Engländer. Veronica war an Matriarchaten interessiert, irischen Matriarchaten, und daran, deren große Momente wiederaufleben zu lassen und die gleichen alten Geschichten zu wiederholen: Die inzwischen pointenlosen Witze und die geistreichen Erwiderungen, die sich von ihren Ursprüngen gelöst haben. Vielleicht sollte ich ihr keine Vorwürfe machen, aber ich tue es. Ich misstraue Anekdoten. Ich möchte die Geschichte durch Zahlen und Prozente verstehen, durch Preise von Kohle und Korn, und was ein Laib Brot an dem Tag, als die Bastille fiel, gekostet hat. Ich möchte, soweit das möglich ist, von jedweder interpretierenden Tyrannei frei sein.

Das Dorf Derwent begann im Winter 1943 im Wasser zu versinken. Das war Jahre vor meiner Geburt. Die junge Veronica dachte zu der Zeit zweifellos darüber nach, was für Kinder sie haben und was sie aus ihnen machen würde. Sie hatte eine weiße Haut, grüne Augen und färbte sich die Haare mit patentierten Tinkturen rot. Es kam nicht wirklich darauf an, welchen Mann sie heiratete, er würde nur ein Mittel zum Zweck ihrer dynastischen Ziele sein.

Veronicas Mutter, meine Großmutter, hieß Agnes. Sie kam aus einer zwölfköpfigen Familie. Keine Sorge, ich werde sie hier jetzt nicht alle einzeln vorstellen. Ich könnte es nicht, selbst wenn ich es wollte. Wenn ich Veronica bitte, mir zu helfen, die Lücken zu füllen, kommt sie dem mit einer Geschichte nach, die mit ihr zu tun hat, und wenn ich sie zurück aufs Thema bringen will, verweist sie darauf, dass es Dinge gibt, die am besten unausgesprochen bleiben. »Da war mehr an dieser Sache, als je preisgegeben wurde«, sagt sie zum Beispiel. Ich habe ein paar Dinge über die vorhergehende Generation herausgefunden: Nichts davon ist aufheiternd. Dass ein Bruder für einen Diebstahl, den ein anderer begangen hatte, ins Gefängnis ging (willentlich). Dass eine Schwester ein Kind bekam, das innerhalb von Minuten nach der Geburt ungetauft starb. Es war eine Tochter, deren Existenz irgendwann zwischen den Kriegen aufflackert, ohne dass es einen Namen für sie gäbe, und ihr jüngerer Bruder weiß bis heute nichts von ihr. Sie ist keine wirkliche Person, eher ein Negativ, das nie entwickelt wurde.

Dass das Dorf Derwent starb, war kein Unfall, sondern Politik. Für die Bewohner der Städte Manchester, Sheffield, Nottingham und Leicester wurde Wasser gebraucht. Und so fing man 1935 an, den Fluss Derwent mit einem Damm aufzustauen. Er wurde Ladybower genannt.

Als Derwent überflutet wurde, hatte man es längst abgerissen, und es war verlassen. Aber als Kind wusste ich das nicht. Ich dachte, die Leute seien von sich aus weggegangen, stellte mir aber vor, dass sie noch bis zum letztmöglichen Moment ihrer täglichen Arbeit nachgegangen waren: dass sie auf eine Warnung gewartet hatten, etwas in der Art eines Luftalarms, und dann sofort mit dem aufgehört hatten, was sie gerade machten. Ich sah, wie sie in ihre dicken Wollmäntel schlüpften, die der Kinder zuknöpften, sie lächelnd am Kinn kitzelten, kleine Koffer und in braunes Papier gewickelte Päckchen nahmen und mit schicksalsergebenen Derbyshire-Gesichtern zu den Sammelpunkten an der nächsten Ecke stapften. Ich sah, wie sie ihre Strickarbeit in der Mitte einer Reihe weglegten, eine halb geleerte Erbsenschote in den Durchschlag warfen und die Morgenzeitung mitten im Satz zusammenlegten, dessen Ende ein Leben lang verloren bleiben würde.

»Leicester, sagtest du?« Veronica strahlte mich an. »Dein Onkel Finbar wurde zuletzt in Leicester gesehen. Er hatte einen Marktstand.«

Ich zog meinen Krankenhaussessel etwas weiter über den versicherungsfinanzierten Teppich nach vorne. »Dein Onkel«, sagte ich. »Das ist mein Großonkel.«

»Ja.« Sie versteht meine Wortklauberei nicht: Was ihr gehört, gehört auch mir.

»Was hat er verkauft?«

»Alte Kleider.« Veronica gluckste wissend. »So hieß es.«

Ich schlucke ihren Köder nicht. Alles, was ich will, sind ein paar Daten. Sie schafft gerne Mysterien und deutet an, dass sie über geheimes Wissen verfügt. Sie will nicht sagen, in welchem Jahr sie geboren wurde, und hat den Leuten in der Aufnahme unverfrorene Lügen über ihr Alter erzählt, was ihren Versicherungsanspruch in Gefahr bringen könnte. Wobei ich Teil dieser Versicherung bin und die Versicherer sich, sollten sie je die Daten miteinander vergleichen und sehen, dass meine Mutter nur zehn Jahre älter ist, fragen könnten, was da nicht stimmt.

Ein Mann hat mir einmal gesagt, dass man das Alter einer Frau an der Rückseite ihrer Knie erkennen kann. Das dortige Delta aus weicher Haut und geplatzten Adern, schwor er, sei die einzige Stelle, die nicht lügen könne.

»Das war ein wilder Haufen«, sagte Veronica. »Deine Onkel. Sie waren«, sagte sie, »das darfst du nicht vergessen, Iren.«

Nein, waren sie nicht. Irisch, ja, das gebe ich zu. Aber nicht wild, auch nicht annähernd wild genug. Sie tranken, wenn sie Geld hatten, und beteten, wenn nicht. Sie arbeiteten in der dunstigen Hitze von Textilfabriken, und wenn sie nach Ende der Schicht hinaus ins Freie traten, biss ihnen die Kälte durch die Kleider und ließ ihre Knochen wie rissiges Porzellan brechen. Man sollte denken, sie hätten sich vermehrt, doch das haben sie nicht. Einige hatten gar keine Kinder, andere nur eins. Diese Einzelkinder waren kostbar, oder? Aber eines heiratete nie, und das andere verbrachte einen großen Teil seines Lebens in einem Asyl.

So weit, so gut: Aus was für einer Art Familie, denken Sie, stamme ich? Dass alle singen, alle tanzen? Tuberkulös sind, wahrscheinlich syphilitisch, nachweisbar schwachsinnig, legasthenisch, betrunken, beschnitten, begrenzt, die Opfer von Verwechslungen bei Gegenüberstellungen, von Industriemaschinen zerfleischt, von Gabelstaplern geköpft, Zahnkrüppel, Sodomiten, Masernblinde, durch Asbestose gezeichnet, beheimatet in der Windschneise von Tschernobyl? Ich nehme an, Sie haben meinen neuen Roman *Ein reiner Tisch* gelesen. Zu der Zeit, als ich mich entschlossen hatte, Veronica anzugehen, arbeitete ich gerade an der ersten Version. Ich hatte die Theorie, dass unsere Familie darauf aus war, sich selbst auszulöschen, durch Scheidung, frei gewählte Ehelosigkeit und eine Reihe gynäkologischer Katastrophen. »Aber ich habe doch Kinder«, sagte Veronica verblüfft. »Ich habe dich bekommen, oder?« Ja, Miss Bettjäckchen, und ob!

Wahrscheinlich ist das Eine, was Sie nicht erraten könnten, dass ich aus einem versunkenen Dorf komme. Als Kind konnte ich es selbst kaum begreifen. Es gibt so etwas wie ein Übermaß an Menetekeln. Natürlich habe ich das Ganze falsch verstanden und war anfällig dafür, jeden Mist zu glauben, den die Leute mir erzählten.

Angenommen, in Pompeji hätte es eine Warnung gegeben: Zeit, aber nicht viel. Hätten sie ihre Ölkrüge, ihre Weberschiffchen und ihre Weinfässer – was? – einfach zurückgelassen und wären gerannt? Ich kann es mir nicht wirklich vorstellen. Ich war nie in Italien, aber ich nehme an, sie hätten die Warnung ernst genommen und hätten mitgenommen, was mitzunehmen war. So stellte ich es mir mit Derwent vor: ein Pompeji, eine *Mary Celeste*.

Ich dachte, das Wasser wäre gestiegen, zunächst Zentimeter um Zentimeter, wäre unter jeder geschlossenen Tür durchgekrochen. Vorangespült, eine Weile ziellos, vom Linoleum kontrolliert. Als Erstes wären die kleinen gestreiften Matten weggeschwemmt worden, die die Leute in jenen Tagen überall liegen hatten. Es waren billige Dinger, die schnell durchnässt wären. Unter dem Linoleum lagen Steinplatten. Wie eine abweisende Stiefmutter würden sie das Wasser in einer kalten Umarmung halten: Es wäre die Arbeit einer ganzen Generation, sie abzunutzen ...

Und so gehalten, erhebt sich das Wasser, abgewiesenen Töchtern und Bauern gleich, und reckt seine hungrigen Finger in die Schränke, in denen Zucker und Mehl aufbewahrt werden. Der Durchschlag wird aus der steinernen Spüle getragen, das Wasser zirkuliert durch seine Löcher. Die halb geleerten Erbsenschoten treiben dahin, Eierbecher, Töpfe und Nachtgeschirre schließen sich der Flottille an, während das Wasser bis zu den Fensterbänken steigt. Tee, der für eine ganze Straße reichen würde, wird aufgegossen. Seifenkuchen wirbeln hinauf in vier Meter Höhe, als würde Gott sein Samstagsbad nehmen. Schmatzend und schwatzend wie Picknickgeschwätz steigt das Wasser, jede Stunde um gut zwei Handbreit, Stufe um Stufe die Treppe hinauf, umspült die persönlichen Dinge der Derbyshirer, frisch gebügelte Unterhosen treiben frei von Lavendelbeuteln dahin: Winzige Wellen schmücken die Säume mit feiner Spitze. Die Flanelllaken sind schwer, die Wolldecken lasten mit dem Gewicht triefender Sünden auf den Matratzen, bis der verrückte Frohsinn des Wassers sie ergreift und sie mit feiner Leichtigkeit erfüllt. Betten gehen segeln, Sessel werden zu Paddelbooten, vergilbte lange Unterhosen mit angeknöpften Unterhemden winken befreit von ehelichen Arrangements mit Armen und Beinen und schwimmen wie Kapitän Webb für Frankreich und die Freiheit.

So habe ich es mir vorgestellt. Ich dachte, flussaufwärts sei ein Ventil geöffnet worden und so wäre es zur Flut gekommen.

Tatsächlich aber lag der Ladybower-Damm flussabwärts von Derwent. Es war keine Flut. Derwent starb Tropfen für Tropfen. Ladybower schloss seine Ventile, und so füllte sich das Tal Stück für Stück, auf natürliche Weise. Durch Ströme und Bäche und Wolkenbrüche in den Pennines. Langsam füllte es sich: Wie deine Tränen, weintest du nur genug, eine Schüssel füllen würden.

Veronica ist jetzt alt. Sie versteht es und versteht es nicht. Sie konnte schon immer mit Dingen leben, die »Diskontinuitäten« genannt werden, Zeit- oder Sinnverschiebungen, Verletzungen von Ursache und Wirkung. Sie weiß auch mit dicken, fetten Lügen umzugehen, entweder um Leute zu verblüffen oder um sich selbst gut aussehen zu lassen. Ich kann gar nicht sagen, wie oft sie mich in die Irre geführt hat. Ich gehe mit der Karte des Tals von Derwent ans Licht und blicke zurück zum Bett zu ihr. Es tut mir leid, das zu sagen – ich wünschte, es wäre anders –, aber der Plan der Stauseen sieht aus wie die schematische Darstellung der weiblichen Fortpflanzungsorgane. Keine detaillierte Wiedergabe, sondern etwas, das man Medizinstudenten im ersten Jahr geben mag, oder Kindern, die nicht aufhören wollen zu fragen. Ein Eierstock ist der See von Derwent, der andere Hogg Farm. Dieser zweite Arm führt von Underbank nach Cocksbridge, der andere von Derwent Hill, vorbei an Schule und Kirche, durch das versunkene Dorf Ashopton zum Hals des Uterus bei Ladybower House und Ladybower Wood, von dort zum Yorkshire-Bridge-Wehr und die große Welt dahinter.

Was ich jetzt weiß, ist Folgendes: Sie haben das Dorf abgerissen, bevor sie es geflutet haben. Stein für Stein wurde es zerstört. Mit dem Pfarrhaus haben sie gewartet, bis der Pfarrer gestorben war. Ich denke an Derwent Hall und den kleinen Fluss, der daran vorbeifloss, die Lastenpferdbrücke und den Treidelpfad. Sie haben das Landhaus abgerissen und verkauft, was sie konnten. Der Fußboden des Wohnraums, Eichendielen, ging für vierzig Pfund weg. Die Eichenvertäfelung für zwei Shilling und Sixpence den Quadratfuß.

Das Dorf Derwent hatte eine Kirche, St. James & St. John. Es gab einen Silbersockel und ein uraltes Taufbecken, das die Heiden einmal als Blumentrog genutzt hatten. Es gab eine Sonnenuhr und vier Glocken, und zweihundertvierundachtzig auf dem

Kirchhof begrabene Tote. Es wurde kein Ort gefunden, an dem sich die heimatlosen Knochen unterbringen ließen, und so entschloss sich die Wasserbehörde, sie auf eigenem Land zu begraben. Aber der Besitzer eines Hauses in der direkten Nachbarschaft erhob Einwände, die das Projekt stoppten. Es schien, dass die Knochen der Toten von Derwent im Wasser versinken würden.

In letzter Minute bot die Gemeinde von Bamford an, sie auf ihrem Kirchhof aufzunehmen. So wurden sie einer nach dem anderen exhumiert und ihr Zustand registriert – »vollständiges Skelett«, zusammen mit Angaben zur Erde, der Beschaffenheit des Sarges und der Tiefe, in der sie gefunden wurden. Die Wasserbehörde zahlte fünfhundert Pfund, und damit war alles beglichen. Ein Bischof sprach Gebete.

Das ganz Jahr 1944 über stieg das Wasser. Im Juni 1945 waren nur mehr ein einzelnes Paar steinerne Torpfosten und der Kirchturm zu sehen.

Als Kind erzählten mir die Leute, in heißen Sommern, und das sei eine TATSACHE, erhebe sich der Turm aus dem Wasser und stehe gespenstisch und trostlos in der brennenden Sonne.

Auch das stimmt nicht.

Der Kirchturm wurde 1947 gesprengt. Ich besitze eine Fotografie, auf der man sieht, wie er zerbirst und sich zu den Trümmern unterhalb gesellt. Aber selbst wenn ich sie Veronica zeigte, sie würde es mir nicht glauben. Sie würde nur sagen, dass ich sie bedränge. Beweise sind ihr egal, scheint sie zu sagen. Sie hat ihre eigenen Versionen der Vergangenheit, und ihre eigene Art, sie zu verteidigen.

Manchmal strickt Veronica etwas, um sich die Zeit zu vertreiben. Ich sage »etwas«, weil ich nicht sicher bin, ob es eine Zukunft als Kleidungsstück hat oder ob sie es anderswohin mitnehmen wird. Sie hat eine Art, so mit ihren Ellbogen zu arbeiten, dass die Nadeln direkt auf mich gerichtet sind. Kommt die Schwester herein, legt Veronica die Nadeln in eine Falte der Decke und lächelt zuckersüß.

In dem Dorf, in dem Veronica aufwuchs, kämpften die Engländer jeden Samstagabend gegen die Iren, in einer festgelegten Straße namens Waterside. Als Kind habe ich an diesem trostlosen Ort gespielt. Rohrkolben, Schilf, Sumpf. (Sei bis halb acht zu Hause, sagte Veronica immer.) Ich denke, es gab da keine ernsthaften Kämpfe. Eher Menuette mit zerbrochenen Flaschen. Schließlich mussten alle am nächsten Samstagabend wieder los.

Nein, es waren die Leute in Derbyshire, die meiner Meinung nach wirklich wild waren. Zwei Brüder streiften durch die Pubs und priesen sich gegenseitig an: Mein Bruder hier wird gegen jeden Mann in diesem Land kämpfen, rennen, springen, Kricket spielen oder singen. Der Kricketspieler ruinierte seine Karriere, indem er den Schiedsrichter in seinem einzigen erstklassigen Spiel mit einem Schlag zu Boden streckte. Ein anderer Bruder, im Mondlicht auf dem Weg nach Hause, tötete einen Menschen, indem er ihn über eine Mauer warf, und bestieg ein Schiff nach Amerika. Ein weiterer ging in Gesellschaft eines Mannes über den Treidelpfad von Glossop nach Derwent, der sagte, er sei ein Doktor, doch später stellte sich heraus, dass es ein geflüchteter, gemeingefährlicher Irrer war.

Ich stelle mir gern Querverbindungen vor. Vielleicht war dieser »Doktor« mein psychotischer irischer Verwandter, der ins Irrenhaus geschickt worden war. Ich versuchte Veronica meine Theorie zu erläutern und herauszufinden, ob die Zeiten zusammenpassten. Sie sagte, sie kenne keinen Treidelpfad und wisse nichts von einem Irren. Ich wollte nachhaken, doch da steckte eine Schwester den Kopf zur Tür hinein und sagte: »Der Doktor ist da.« Ich musste im Flur warten. »Kaffee?«, sagte irgendein Schwachkopf und deutete auf fünf Zentimeter Brühe auf einer Warmhalteplatte. Ich überhörte die Frage und legte die Stirn auf den freien, sauberen Putz der Wand, die in einer neutralen, gedankengleichen Farbe gestrichen war.

Nach einer Zeit kam der Doktor heraus und stellte sich neben mich. Mit einem lauten *Ähem, Ähem* versuchte er meine Aufmerksamkeit zu erringen, und als ich den Kopf auch weiter auf dem erholsamen Putz liegen ließ, klopfte er mir auf die Schulter, bis ich ihn ansah. Er war ein kleiner, erzürnter, grauhaariger Mann. Er war tatsächlich noch kleiner als ich und versuchte mir irgendwelche Neuigkeiten mitzuteilen, die sicher schlecht waren. Während ich dies schreibe, liegt die Durchschnittsgröße einer englischen Frau um eine Haaresbreite unter ein Meter fünfundsechzig. Ich selbst komme kaum an ein Meter sechzig heran und rage dennoch über Veronica auf. Eine Träne brennt mir im Auge. *So klein.* Innerhalb eines Atemzugs sehe ich es selbst: Die Träne wird aufbereitet, hervorgebracht und vergossen.

Der Ladybower-Stausee hat eine Oberfläche von zwei Quadratkilometern. Sein Umfang beträgt etwa einundzwanzig Kilometer, seine maximale Tiefe einundvierzig Meter. Einhunderttausend Tonnen Beton wurden für ihn verbaut, dazu eine Million Tonnen Erde. Ich misstraue diesen runden Zahlen, wie sicher auch Sie. Aber darf ich sie Ihnen als Grundlage für eine Diskussion anbieten? Wenn die Leute davon reden, die Vergangenheit zu »begraben« und dass »seitdem viel Wasser unter der Brücke durchgeflossen« sei, sind das die Größen, in denen sie operieren.

Von Geist und Geistern

In ihrer Autobiografie *Von Geist und Geistern* erzählt Hilary Mantel – in ihren frühen Jahren als Ilary bekannt – von ihrer Kindheit und Jugend. Sie wurde 1952 in einer kleinen Textilstadt in Derbyshire geboren und verbrachte vier glückliche, nützliche Jahre unter dem Dach ihrer Großeltern, wo sie sich auf ihre angestrebten Karrieren als fahrender Ritter, als Eisenbahnschaffnerin, ägyptische Kameltrainerin und katholische Priesterin vorbereitete. Mit vier Jahren dann musste sie in die Schule. Sie wollte nicht, wusste aber, es war das Gesetz. Als sie sechs war, zog sie mit ihrer Mutter, ihrem Vater und ihrer wachsenden Familie in ein Haus mit Geistern, das ein paar Minuten entfernt lag. Ein »neuer« Vater erweiterte kurz darauf den Haushalt. Obwohl Ilary im Laufe ihres Lebens Kontinente überquerte, waren die Geister nie fern, und es kamen weitere hinzu – die schwermütigen Phantome ihrer ungeborenen Kinder. In ihrer Autobiografie erklärt sie, wie es nach ihrer merkwürdigen Kindheit dazu kam, dass sie selbst kinderlos blieb, und wie die Kinder, die nie das Licht dieser Welt erblickten, ihr durch die Jahre gefolgt sind und Teil ihres Lebens und ihrer Literatur wurden.

Du kommst an diesen Ort, deine mittleren Jahre, du weißt nicht, wie du hergekommen bist, und plötzlich starrst du der Fünfzig ins Gesicht. Wenn du dich umdrehst und auf die Jahre zurückblickst, erkennst du die Geister anderer Leben, die du hättest führen können. Deine Häuser werden von den Personen heimgesucht, die du hättest sein können. Geister und Phantome kriechen unter deine Teppiche und ins Gewebe deiner Vorhänge, sie lauern in Schränken und liegen flach unter dem Schubladenpapier. Du denkst an die Kinder, die du hättest bekommen können, aber nicht bekommen hast. Wenn die Hebamme sagt: »Es ist ein Mädchen«, wohin geht dann der Junge? Wenn du denkst, du bist schwanger, und dann bist du es nicht, was ist dann mit dem Kind, das in deinem Kopf bereits Form angenommen hat? Das alles hast du in einer Schublade deines Unterbewusstseins abgelegt, wie eine Kurzgeschichte, die nach den ersten Sätzen nicht funktionieren wollte.

Im Februar 2002 erkrankte meine Patentante Maggie, und die Besuche im Krankenhaus brachten mich in meinen Geburtsort zurück. Sie starb nach kurzer Krankheit im Alter von fast fünfundneunzig Jahren, und ich fuhr auch zu ihrer Beerdigung. Über die Jahre war ich oft zurückgekommen, dieses Mal jedoch musste ich eine besondere Route nehmen: die kurvenreiche Straße zwischen den Hecken und der Steinmauer hinunter und dann den breiten, unbefestigten Weg hinauf, den die Leute in meiner Kinderzeit den »Kutschweg« nannten. Er führt den Hügel hinauf zu der alten Schule, die längst nicht mehr genutzt wird, und weiter zu dem heute nonnenlosen Kloster und der Kirche. Als Kind war das mein täglicher Schulweg, morgens und dann noch einmal nach dem *dinner*, dem Mittagessen, das die Leute im Süden Englands *lunch* nennen. Als ich als Erwachsene in meinem Beerdigungsschwarz dort entlangging, verspürte ich eine so mächtige wie vertraute Bedrängnis. Kurz bevor die öffentliche Straße auf den Kutschweg stößt, kam ein Punkt, an dem mich Furcht und Bestürzung überwältigten. Voller Angst fuhr mein Blick zur Seite, auf das nasse, wirre Farngestrüpp. Ich wollte sagen: Bleib stehen, geh nicht weiter. Ich erinnerte mich, wie ich als Kind überlegt hatte, ob ich flüchten sollte, davonrennen, zurück in die (vergleichsweise) Sicherheit unseres Hauses. Der Punkt, an dem mich die Angst überkam, war der Punkt, an dem es keine Umkehr gab.

Von meinem siebten bis zu meinem elften Lebensjahr – als ich fortzog – gingen wir jeden Monat in Zweierreihen Hand in Hand von der Schule den Hügel hinauf zur Kirche, um zu beichten und uns unsere Sünden vergeben zu lassen. Wenn ich wieder aus der Kirche herauskam, fühlte ich mich erwartungsgemäß sauber und leicht, doch dieser Zustand der Anmut währte nicht länger als die fünf Minuten, die es dauerte, zurück in die Schule zu kommen. Schon mit vier Jahren hatte ich angefangen zu glauben, etwas Falsches getan zu haben. Da gab es eine grundlegende Sünde, an die das Beichten nicht rühren konnte. Da war etwas in mir, das sich nicht in Ordnung bringen ließ und für das es keine Erlösung gab. Die Schule bedeutete eine ständige Einschnürung, das systematische Unterdrücken jedweder Spontaneität. Sie arbeitete mit Regeln, die nie artikuliert worden waren und die sich änderten, sobald man glaubte, sie begriffen zu haben. Vom ersten Tag in der ersten Klasse an war mir bewusst, dass ich dem, was ich dort vorfand, widerstehen musste. Wenn ich meine

Klassenkameraden sah und sie ihr jodelndes »Guten Morgen, Missis Simpson« rufen hörte, fühlte ich mich wie unter Geistesgestörten, und die Lehrer, bösartig und dumm, waren ihre Wärter. Ich wusste, ich durfte ihnen nicht nachgeben. Ich durfte keine Fragen beantworten, auf die es offensichtlich keine Antwort gab oder die von den Wärtern nur zu ihrem eigenen Amüsement und als Zeitvertreib gestellt wurden. Ich durfte nicht akzeptieren, dass Dinge über meinen Verstand hinausgingen, nur weil sie es mir sagten; ich musste versuchen, diese Dinge zu verstehen. So kam es zu einem inneren Kampf, und es kostete mich Unmengen von Energie, die eigenen Gedanken intakt zu halten. Aber wenn ich diese Anstrengung nicht unternahm, würde ich ausgelöscht werden.

Die Geschichte meiner Kindheit ist ein komplizierter Satz, den ich ständig zu beenden versuche – zu beenden und hinter mir zu lassen. Aber sie widersteht dem, und das liegt auch daran, dass Worte nicht ausreichen. Meine frühe Welt war synästhetisch, und ich werde von den Geistern meiner eigenen Sinneseindrücke verfolgt; sobald ich zu schreiben beginne, tauchen sie auf und erbeben zwischen den Zeilen.

Uns wird beigebracht, vorsichtig mit unseren frühen Erinnerungen umzugehen. Manchmal fälschen Psychologen Fotos, auf denen ihre Patienten in ihrer Kindheit in einem unbekannten Umfeld erscheinen, an Orten oder mit Menschen, die sie noch nie gesehen haben. Zunächst sind die Betreffenden erstaunt, doch dann schwenken sie im Maß ihres Wunsches zu gefallen ein und produzieren »Erinnerungen« zu Erlebnissen, die sie tatsächlich nie hatten. Ich weiß nicht, was das beweist, außer dass einige Psychologen überzeugende Persönlichkeiten sind, einige Patienten viel Fantasie haben und uns allen immer gesagt wird, wir sollen unseren Sinnen vertrauen – was wir tun: Wir trauen der sichtbaren Tatsache des Fotos, statt unserer subjektiven Verwirrung zu folgen. Es ist ein Trick, keine Wissenschaft, und hat mit unserer Gegenwart, nicht mit unserer Vergangenheit zu tun. Wenn meine frühen Erinnerungen auch bruchstückhaft sind, glaube ich doch nicht, dass sie, zumindest nicht vollständig, Konfabulationen sind, und das glaube ich aufgrund ihrer überwältigenden sinnlichen Kraft. Sie kommen komplett daher, nicht wie die tastenden, allgemeinen Formulierungen von Leuten, die mit einem Foto getäuscht wurden. Wenn ich sage: »Ich schmeckte«, dann schmecke ich es, und wenn ich sage: »Ich hörte«, dann höre ich es: Ich rede nicht von einem proustschen Moment, sondern von einem proustschen Super-8-Film. Jeder kann diese alten Filme in Gang setzen, er braucht nur etwas Vorbereitung und Übung. Vielleicht fällt es Schriftstellern leichter als anderen Menschen, sicher bin ich mir da nicht. Ich würde auch der Aussage nicht zustimmen, dass es unwichtig ist, woran man sich erinnert, sondern dass es nur darum geht, woran man sich zu erinnern *glaubt*. Es geht mir um Genauigkeit, ich würde niemals sagen: »Das ist nicht wichtig, das ist Geschichte.« Andererseits weiß ich, dass ein kleines Kind einen merkwürdigen Zeitsinn hat, der ein Jahr zu einem Jahrzehnt werden und alle, die älter als zehn sind, erwachsen und gleichen Alters erscheinen lässt. Obwohl ich also Gewissheit über die Ereignisse selbst verspüre, bin ich mir nicht so sicher, was Abfolgen und Datierungen angeht. Und ich weiß auch, dass sich die Erinnerung einer Familie zu verzerren beginnt, wenn sie sich zum

Verschweigen von etwas entschließt, da ihre Mitglieder die entstehende Lücke konfabulierend schließen: Du musst immer einen gewissen Sinn und eine Schlüssigkeit in dem erkennen, was um dich herum vorgeht, und so stoppelst du, so gut es geht, eine entsprechende Geschichte zusammen. Fügst etwas hinzu, redest darüber, und die Verzerrungen produzieren weitere Verzerrungen.

Trotzdem glaube ich, dass sich die Menschen erinnern können; an ein Gesicht, ein Parfüm, ein oder zwei wahre Dinge. Ärzte sagten früher, Babys würden keine Schmerzen empfinden, und wir wissen, dass das falsch war. Wir wurden mit unserer Empfindsamkeit geboren, vielleicht sogar gezeugt. Die Schwierigkeit, uns selbst zu trauen, liegt zum Teil darin begründet, dass wir im Gespräch über unser Gedächtnis geologische Metaphern benutzen. Wir reden über die verschütteten Teile unserer Vergangenheit und nehmen an, dass die am längsten zurückliegenden am schwersten zu erreichen sind: dass man mithilfe eines Hypnotiseurs nach ihnen suchen muss oder mit einem Psychotherapeuten. Ich glaube nicht, dass die Erinnerung so funktioniert, eher, dass sie wie der »weite, grenzenlose Innenraum« des heiligen Augustinus ist oder wie eine große Ebene, eine Steppe, in der alle Erinnerungen Seite an Seite ruhen, in gleicher Tiefe, wie Samen im Humus.

Es gibt eine Farbe, die nicht mehr zu existieren scheint, die aber ein charakteristisches Pigment meiner Kindheit war. Es ist ein verblichenes, regengesättigtes Purpurrot, wie altes, trocknendes Blut. Man sah es auf den Kassettentüren, den Rahmen von Schiebefenstern, auf Fabriktoren und den hohen Durchgängen zwischen Geschäften, die nach hinten auf die Höfe führten. Heute findet man dieses Rot nur noch auf verrußten, heruntergekommenen alten Gebäuden, wo der Sandstrahler noch nicht war, um den schwarzen Stein zu Honig werden zu lassen: Wenn man den Schmutz wegkratzt, stößt man auf Spuren davon. Die Restaurateure herrschaftlicher Häuser arbeiten sich durch die Schichten, um die Farbgebung alter Salons, Wohnzimmer und Treppenhäuser zu identifizieren. Ich benutze meine Farbprobe – nennen wir sie Ochsenblut –, um die Zimmer meiner Kindheit aufzufrischen, die sonst grün wären, cremefarben und zuletzt von einem vernebelten Gelb, das etwa in Schulterhöhe hing, wie das Nachspiel eines Feuers.

Mit sechs schlafe ich im Zimmer meiner Eltern in der Brosscroft. Bislang ist erst ein Schlafzimmer im Haus bewohnbar. Die Wiege des Babys steht an der Wand mit dem Fenster, das Doppelbett nimmt die Mitte des Raumes ein, und mein kleines cremefarbenes Bett ist der Tür am nächsten. Ich liege unter einer karierten Decke, und meine Finger drehen und flechten ihre Fransen. Flechten und lösen sie und fangen aufs Neue an zu flechten: Ich zwinge mich ins Träumen, denke an Indianer und an Jesus, weil ich ermahnt werde, an ihn zu denken; und ich versuche es, ich versuche es wirklich. Ich denke an mein Tipi, meinen Tomahawk und mein stämmiges rotbraunes Pferd, das selbst jetzt mit der gestreiften Decke auf dem Rücken bereitsteht, mich im Galopp über die Ebenen in den roten, staubigen Westen zu tragen. Und dann denke ich, dass vielleicht sogar in diesem Moment meine Mutter unten ihren Mantel anzieht und nach ihrer Tasche greift.

Ich glaube, dass sie in der Nacht gehen und mich verlassen wird. Wir hätten niemals in dieses Haus ziehen dürfen, wir hätten bleiben sollen, wo wir waren, bei Großmutter und Großvater unten in der Bankbottom. Alles geht schief, so schief, dass ich nicht weiß, wie ich es ausdrücken oder begreifen soll. Alle, die der Katastrophe entfliehen können, sollten es tun, und die Schwachen, die Alten und die Babys werden in den Trümmern zurückbleiben. Meine Mutter ist klug und gut in Form, und ich glaube, sie wird ihr Glück in einem anderen Leben suchen, einem besseren Leben anderswo: an einem Ort für Prinzessinnen, wo ihre wahre Familie lebt. Mit ihrem stets verfügbaren Lächeln und ihrem leuchtenden Sonnenuntergangsschopf gehört sie nicht hierher in diese alles umschließenden Schatten, in diese Räume, die sich stumm mit unsichtbaren, feindlichen Beobachtern gefüllt haben.

Mein Vater bringt das Baby ins Bett, und das – er mit dem Baby und mir hier oben – erscheint mir als die Gelegenheit für sie, davonzulaufen. Auch wenn es mich fast umbringen wird, glaube ich, es ertragen zu können, solange ich nur den Zeitpunkt weiß, solange ich höre, wie sich die Tür unten hinter ihr schließt. Nicht ertragen würde ich es, morgens einfach in die kalte, leere Küche zu kommen, gewärmt nur von Elvis, dessen dickes Gesicht wie die aufgehende Sonne leuchtet.

Also liege ich im Schimmer des Nachtlichts und lausche, nachdem mein Vater zurück nach unten geschlichen ist, noch lange den Geräuschen des Hauses. Am Morgen bin ich zu müde, um aufzustehen, aber ich muss in die Schule, sonst komme ich vor Gericht. Meine Arme und Beine sind von einem klingenden

Schmerz erfüllt. Der Arzt sagt, es sind Wachstumsschmerzen. An einem Tag stelle ich fest, dass ich nicht atmen kann. Der Arzt sagt, wenn ich nicht mehr daran denke, wird es wieder gehen. Er ist es leid, gefragt zu werden, was mit mir nicht stimmt. Er nennt mich die kleine Miss Niemalsgesund. Ich bin wütend. Ich mag es nicht, wenn man mir Namen gibt. Das ist zu sehr wie eine Macht über mich.

Niemand sollte dir einen Namen geben. Rumpelstilzchen.

Jack kommt zu Besuch. Er kommt zum Essen. Diese Essen zur Teezeit scheinen zusätzliche Mahlzeiten zu sein, in der großen Küche, wenn das Licht brennt und der wilde Garten zu dunkler Schönheit erbleicht. Wir kochen seltsame, alberne Sachen: schütten Eier in blubberndes Fett, sodass sie wie ein Meerestier aufschäumen und sich zu Perlen mit durchsichtigen weißlichen Beinen bauschen. Kommt Jack heute?, frage ich. Oh, gut. Ich suche nach jemandem, den ich heiraten kann. Das ist etwas, das ich geklärt haben will. Ich hoffe, Jack könnte einwilligen, obwohl es schade ist, dass er nicht mit mir verwandt ist. Er ist einfach nur jemand, den wir kennen.

Unten in der Bankbottom reden sie über die letzte Neuigkeit aus Rom: Der Papst sagt, man darf Cousins zweiten Grades heiraten! Das heißt, sagen die Leute, Ilary könnte … natürlich nur, wenn sie will … Und dann werden die Namen verschiedener Leute aufgezählt, von denen ich noch nie etwas gehört habe. Ich wünschte, ich hätte es; ich will mehr über diese Kandidaten erfahren, bin ich doch, das weiß ich längst, jemand, der in die eigene Familie zurückheiraten würde, um uns alle zusammenzuhalten und mir einen Vorrat vertrauter Menschen zu garantieren: Großonkeln, die Cheshire-Käse brauchen, und Großtanten mit Hüten, die sich mit gesenkten Stimmen besprechen, während sie mit ihren Löffeln über Schüsselchen mit Dosenpfirsichen gestikulieren. Ich habe einen Großonkel, der im Militärgefängnis war, »unser Joe ist Feuer und Flamme für Labour«, sagt meine Großmutter. Ich habe eine Großtante, die ihr langes goldenes Haar verkauft hat. Warum sind das alles Großonkel und Großtanten? Wo ist die nächste Generation? Wo sind ihre Kinder? Nie geboren oder als Babys gestorben. Die Armut, sagt meine Mutter. Lungenentzündung. Ich schreibe »Lungenentzündung«. Ich weiß nicht, dass es eine Krankheit ist, ich denke, es ist ein kalter, wehender Wind.

Eines Tages kommt Jack zum Tee und geht nicht wieder nach Hause. »Geht er nie wieder nach Hause?«, frage ich. Es wird Nacht mit dieser neuen Situation: Sie bricht über mich herein. In den nachfolgenden Wochen werde ich wütend, und sie werfen mich ins Glaszimmer. Jack und meine Mutter sitzen in der Küche. Ich springe am Fenster hoch und ziehe Grimassen. Sie schließen die Vorhänge und lachen. Ich versuche es durch die Hintertür, doch sie haben den Riegel vorgeschoben.

Ich stampfe und wüte draußen in der Kälte. Rumpelstilzchen ist mein Name.

Man sollte nicht über seine Eltern richten. Meist, so sind Eltern nun mal, haben sie ihr Bestes gegeben. Sie waren durcheinander, hatten kein Geld und konnten sich keinen Anwalt leisten.

Sie hatten alle gegen sich und waren – wenn man es nachrechnet – hoffnungslos jung. Sie sahen den Wald vor lauter Bäumen nicht und was die Woche von Montag bis Freitag bringen würde. Sie waren verliebt oder wütend, fühlten sich betrogen oder bitter, bitter enttäuscht, und ebenso wie unsere eigene Generation ergriffen sie jede Gelegenheit, es richtig zu machen, etwas zu ändern, eine zweite Chance zu bekommen: Sie rissen sich die Fesseln der Logik herunter, rafften sich in ihrer Schwäche und Verzweiflung auf und spuckten dem Schicksal ins Gesicht. So machen es Eltern. Sie glauben, die Liebe überwindet alles, warum sonst sollten sie Kinder bekommen, warum sonst hätten sie dich gewollt? Man sollte nicht über seine Eltern richten.

Doch mit sechs, sieben Jahren weißt du das noch nicht. Ich habe das Gefühl, dass über mich selbst gerichtet worden ist: dass ich ein ungenanntes Vergehen begangen habe, verurteilt worden bin und bald mit einer unspezifizierten Strafe zu rechnen habe.

An einem Samstagmorgen komme ich früh nach unten, und zu meiner Überraschung ist Großvater da. Er steht im Vorratsraum mit dem steinernen Regal, in dem es selbst im August noch kalt ist. Sein Werkzeug liegt da, weil er hilft, das Haus in Ordnung zu bringen, aber jetzt putzt er es und steckt es zurück in seine Stofffächer. »Was machst du da, Großvater?«, sage ich.

Er sagt: »Ich packe zusammen und gehe nach Hause, mein Schatz.«

Ich wende mich ab, mir sinkt der Mut.

In der Küche hält mich meine Mutter auf. »Was hat er gesagt?«

»Nichts.«

»Was?« Sie brennt, ihre Wangen sind tiefrot, das Haar ist eine Feuersbrunst. »Nichts? Du meinst, er hat nicht mit dir gesprochen?«

Ich sehe einen zornigen neuen Streit entstehen. Ich antworte tonlos und flüchte mich ins Buchstäbliche, wie der dumme Bote, der die schlechte Nachricht zweimal überbringt: »Er hat gesagt, was er tut. Er hat gesagt: ›Ich packe zusammen und gehe nach Hause, mein Schatz.‹«

Großvater geht hinunter in die Bankbottom, aufrecht und mit steifem Nacken. Irgendwo im Haus knallt eine Tür, Glas klirrt in seinem Rahmen. Schränke knarzen, und der neue Spiegel im Zimmer vorn rasselt mit seiner Kette. Der Treppenabsatz oben ist ohne Licht, das tote Zentrum des Hauses. Ich glaube, jemanden um die Ecke gehen zu sehen, den Flur hinunter zu dem Zimmer, in dem mein Vater in einem Einzelbett schläft. Die Wände in dem Zimmer sind gelb und die Vorhänge halb zugezogen.

Was geschieht jetzt? Auf der Straße reden sie über uns. Regeln sind gebrochen worden. Dunkelheit zieht sich um unser Haus zusammen. Die Luft wird bitter und stickig und hängt in Gaswolken in den Räumen. Sie kommen mir so dick vor, dass ich denke, ich stoße mir den Kopf an ihnen.

Ich habe jetzt einen weiteren Bruder. Wo *kommen* sie her? Sie schlafen im großen Schlafzimmer, der größere in meinem cremefarbenen Bett, der kleinere in seiner Wiege. Ich bin ins Zimmer meines Vaters umquartiert worden, in das gelbe Zimmer am Ende des Flurs. Im Flur gibt es kein natürliches Licht, nur eine Glühbirne an der Decke, und die Schatten, die sie wirft, scheinen die

Düsternis noch zu verstärken, statt sie zu zerstreuen. Ich gehe nie normal nach hinten, sondern renne von der Treppe zu meinem Bett. Unsere beiden kleinen Hunde schreien in der Nacht. Sie haben Angst. Der Mann, der die Treppe oben frisch anstreicht, hat auch Angst, aber das soll ich nicht hören.

Der Hausschlüssel ist nicht da. Das Haus wird auf den Kopf gestellt. Jeder Winkel wird durchsucht und jede Schublade. Wir kriechen auf allen vieren herum und befühlen den Boden mit Händen und Knien. Alle Besucher, aber es kommen nicht viele, werden eingehend befragt und ihre Bewegungen nachvollzogen. Es vergehen zwei Tage, dann taucht der Schlüssel wieder auf. Er lag oben auf dem Geschirrschrank, im toten Winkel.

Meine Mutter geht nicht mehr einkaufen. Nur noch meine Patentante hält die Verbindung zu unserem Haus aufrecht. Die Kinder in der Schule fragen mich, wie wir wohnen und wer in welchem Bett schläft. Ich weiß nicht, warum sie das wissen wollen, und sage ihnen gar nichts. Ich hasse die Schule. Oft bin ich krank wegen meiner Wachstumsschmerzen und dem Atmen, an das ich nicht denken soll. Das hohe Fieber ist das gleiche wie in Blackpool, und die schlimmen Kopfschmerzen lassen mich ganz hohläugig werden. Als ich nach ein paar Tagen zurück in die Schule komme, scheint mich niemand mehr zu kennen, und ich bin hinter meinem eigenen Rücken eine Klasse aufgerückt. Die neue Lehrerin heißt Mrs Porter, und ich verstehe nicht, wie sie die Rechenaufgaben aufschreibt. Ich habe einiges verpasst. Ich zeige auf und sage, dass ich es nicht verstehe. Sie sieht mich ungläubig an. Das verstehe ich nicht? Verstehe ich nicht? Was für ein Aufruhr oder eine Meuterei ist das denn? Warum schreibe ich es nicht von dem Kind neben mir ab, wie die anderen kleinen Dummerchen auch? »Du verstehst es nicht?«, wiederholt sie, und ihre Augen treten entrüstet hervor. Kreischendes Kichern und näselndes Schnauben sind um mich herum zu hören.

Miss Porter ist bald nicht mehr da. Mein Unverständnis bleibt.

Einmal im Jahr, in der Schule und in der Kirche, hatten wir Missions-Sonntag, und dann sangen wir über Afrikaner und Inder. Wir nannten sie »schwarze Babys« und sammelten Geld für sie. Wenn du gut warst beim Geldsammeln, durftest du eines besitzen. In der Woche vorm Missions-Sonntag sangen wir spezielle Lieder, deren Melodien nichts Besonderes waren, aber die Texte waren aufregend. »Für die Kindfrauen und Witwen, eilten Babys in ihr Grab ...« Wie alt musste man sein, um als Kindfrau zu gelten? Wie folgte darauf die Witwenschaft? Und waren die in ihr Grab geeilten Babys die Frauen selbst oder ihre Kinder?

Aber vielleicht habe ich den Text auch falsch verstanden. Vielleicht produziere ich hier ein Zerrbild dessen, was auf dem Gesangsblatt stand. Mit acht gebe ich das Zuhören auf. Wann immer jemand etwas zu mir sagt, frage ich: »Was?«, und während mein Gegenüber seine Worte genervt wiederholt, sammle ich mich und versuche die zersplitterten Teile meiner Aufmerksamkeit in eine Ordnung zu bringen. Worte verwischen, sind wie Mottenflügel, die um das Licht der Bedeutung flirren. Meine eigenen Gedanken bewegen sich mit einer anderen Geschwindigkeit als die einer menschlichen Unterhaltung, sind etwa zweieinhalbmal schneller, sodass ich mich ständig rückwärts durch das von den Leuten Gesagte kämpfen muss, um herauszufinden, welchen Teil welcher Frage ich nun beantworten soll. Ich fahre damit fort, verdeckt zu beobachten, aus dem Augenwinkel, und lerne die Kunst, mit den Fingerspitzen zu fühlen. Die Schachfiguren folgen meinen Befehlen. Henry und ich sitzen im Lampenlicht im Wohnzimmer an der Brosscroft, die Babys schnauben oben im Schlaf, und meine Mutter und Jack sind wo? Tanzen gegangen? Ich weiß es nicht. Mein großer Vater sitzt gebeugt in seinem Sessel und schiebt müde einen Bauern vor; doch an einem inspirierten Abend überrasche ich ihn plötzlich mit einer Rochade. Ich schiebe meinen König über zwei Felder, bringe meinen Turm in eine machtvolle, bedrohliche Position und gehe in die Offensive. Mein Vater lehnt sich fasziniert vor und fragt, wusstest du, dass du das *durftest*? Die Wahrheit liegt zwischen Ja und Nein. Ich bin mit meinen acht Jahren nicht so dumm, wie es den Anschein hat. Ich bin nicht unfähig, das Spiel zu studieren, es heimlich zu studieren, um meinen Daddy zu verblüffen. Allerdings gefiele es mir besser, wenn er dächte, der Zug sei nur so ein Einfall gewesen, aus dem Nichts, und ich lächle überrascht, als sich mein aus der Ecke gesprungener Turm wie ein Panzer über Land bewegt und seine besten Verteidiger abräumt. Es ist wichtig, nicht gewinnen zu wollen. Locker zu bleiben, lässig. Genauso achtlos, wie er seine Bücher aus der Bibliothek herumliegen lässt, damit ich sie lese: das Gollancz-Buch mit dem gelben Umschlag. Ich lese Arthur Koestler, *Überlegungen über das Aufhängen*. Ich lerne daraus, nehme es in meine Träume auf. Ich träume, ich habe jemanden ermordet. Es ist besser, die Strafe zu kennen, als es nicht zu tun.

Alle lachen über mich, weil ich nicht zuhören kann, weil ich »Was?« sage. Meine Mutter setzt Geld auf ein Pferd, das Mr What heißt. Es gewinnt das Grand National.

In den Tagen, als ich noch sieben war, nach der ersten Beichte und der ersten Kommunion, ging ich die Woolley Bridge Road zur Schule hinunter, die verrußte Hecke zu meiner Linken, die Mauer rechts, und hinter der Mauer lag die Konservenfabrik, wo der Schlamm unvorstellbaren Fleisches in Dosen gefüllt wurde. Mein Schutzengel folgte mir, einen halben Schritt hinter mir, immer unsichtbar bei meiner linken Schulter. Und Gott ging ebenfalls mit, jedenfalls dachte ich das. Man sollte annehmen, dass ich Ihn gebeten hätte, Sich zu zeigen und den Geschehnissen an der Brosscroft ein Ende zu setzen: dem Knallen der Türen in der Nacht und den Windböen, die durch die Zimmer brausten. Aber meine Vorstellung von Gott war anders. Er war kein Zauberer und sollte auch nicht so behandelt werden, sollte nicht gebeten werden, Dinge zu ändern oder sie wie ein Klempner oder Schreiner in Ordnung zu bringen; wie mein Großvater mit seinem in Stoff-Futterale gewickelten Werkzeug. Ich hatte mein eigenes Verständnis von Gnade, dieser sickernden Verbindung zwischen den Menschen und Gott: dem langsamen, grünen, versandeten Kanal zwischen einem Menschen und dem Gott in ihm. Jeder Sinn birgt Gnade, ist ihr Vermittler: Tastsinn, Geruch, Geschmack. Die Gnade der Musik ist nichts für ein Kind, das immer nur »Was?« sagt. Meine Mutter spielt kein Klavier mehr, mein Vater nur selten. Jack hat sich noch nie vor die Tasten gesetzt, zweifellos weil er zur Church of England gehört. Und ich kann keine Melodie halten, was man mir schonungslos sagt; kann nicht *fa, so, la, si, do* singen, ohne in Moll abzurutschen. Man kann um Gnade beten, doch das ist etwas, was sich unerwartet heranschleicht, wie ein Luftzug. Es ist nichts, was sich einplanen ließe. Indem du nicht darum bittest, wird sie dir zuteil. Ein Jahr lang trug ich dieses Wissen und einen einfachen Raum für Gott in mir: einen zerklüfteten, von Licht umgebenen Raum, einen wartenden Raum in meinem Solarplexus, eine Bereitschaft. Aber was kam, war ganz und gar nicht Gott.

Manchmal gelangst du zu etwas, das sich nicht niederschreiben lässt. Du hast alles aufgeschrieben, was dir einfallen wollte, um die Geschichte davon abzuhalten, dieses Etwas zu erreichen, und du weißt, dass deine Prosa nicht ausreicht, es zu beschreiben. Du sagst dir, also gut, wenigstens kenne ich meine Grenzen; doch dann wird dir bewusst, dass sich deine Leser – alle lieben Leser, die dir bis hierher gefolgt sind – auf die Enthüllung eines sexuellen Missbrauchs vorbereiten. Das ist der gewohnte Schrecken. Meiner ist diffuser. Er schloss eine würgende Hand um mein Leben, und ich weiß nicht, wie oder was es war.

Hilary Mantel bei DuMont

SPIEGEL UND LICHT
Roman. 1104 Seiten, gebunden, auch als eBook
»Hilary Mantel hat nicht nur ein Geschichtsepos geschrieben, sie hat ein ganzes Genre erneuert.«　ARD DRUCKFRISCH

DER HILFSPREDIGER
Roman. 208 Seiten, gebunden, auch als eBook
»[Ein] kleines Meisterwerk«　SÜDDEUTSCHE ZEITUNG

IM VOLLBESITZ DES EIGENEN WAHNS
Roman. 288 Seiten, gebunden, auch als eBook
»Hilary Mantel als Meisterin der katastrophalen Zuspitzungen«
WDR 5 BÜCHER

JEDER TAG IST MUTTERTAG
Roman. 256 Seiten, gebunden, auch als eBook
»Diese Mischung aus Spookyness und sozialem Realismus, das ist schon ziemlich großartig.«　3SAT BUCHZEIT

VON GEIST UND GEISTERN
Autobiografie. 240 Seiten, gebunden, auch als eBook
»Ein mitreißendes Buch, fesselnd und tiefgründig«　BRIGITTE

DIE ERMORDUNG MARGARET THATCHERS
Erzählungen. 160 Seiten, gebunden, auch als eBook
»Hilary Mantel erweist sich mit diesem Band als die unumstrittene Königin der zeitgenössischen Literatur.«　F.A.S.

DER RIESIGE O'BRIEN

Roman. Taschenbuch, 256 Seiten, auch als eBook
»Mantel revolutioniert den historischen Roman.«   DIE ZEIT

FALKEN

Roman. Taschenbuch, 480 Seiten, auch als eBook
»Man kann das Buch nicht mehr aus der Hand legen, bis zu den letzten Sätzen nicht.«   DER SPIEGEL

BRÜDER

Roman. 1104 Seiten, gebunden, auch als eBook
»Ein gewaltiger Roman«   NZZ

WÖLFE

Roman. 768 Seiten, Taschenbuch, auch als eBook
»Wölfe macht die Welt Heinrich des VIII. begehbar!«   DIE WELT